DRIFTING CITY

漂流都市

鴨戸悠祐

講談社

漂流都市

目次

装幀　坂野公一（welle deign）
装画　柳貞次郎

1章
竹田医院

俺はこの町に囚《とら》われている。

朝になると、俺は居として充《あ》てがわれているボロアパートを出る。アパートは高台にある。坂道を下りながら、陰鬱《いんうつ》な町の景色から逃れるように、いつも遠くの空を見上げる。

そこには産業廃棄物処理場の大きな煙突が見えた。禍々《まがまが》しい色をした太い煙突からは黒い煙が棚引き、空へと消えてゆく。

あの産業廃棄物処理場には、どんなものでも一瞬で焼き尽くす強力な焼却炉があるらしい。本当に一瞬で苦痛なく死ねるのなら、あそこで焼け死ぬのも悪くないな、とふと考える。

坂道を下りて、しばらく歩くと目的の場所へたどり着く。

人通りの少ない路地裏にある五階建ての雑居ビル。日当たりが悪く、くすんだ色をした壁面はところどころがひび割れている。

この雑居ビルの五階に俺の仕事場がある。

薄暗いエントランスを抜け、エレベーターに乗る。

エレベーターはノロノロと上がり、ようやく五階で止まる。

間の抜けた、チン、という音と共にドアが開く。すぐに薄汚れた自動ドアが目に入る。

その横の、コンクリート打ちっぱなしの壁に、吹けばどこかへ飛んでいってしまいそうな、簡素な看板がかけられている。

看板には【竹田医院】と書かれていた。

竹田とはいったい誰の名前なのだろうか。俺は竹田という名前ではないが、患者たちは皆、俺のことを竹田先生と呼ぶ。

自動ドアの先には受付がある。そこには地味な事務服を着た女が、今日も無表情で座っている。おかっぱ頭で眼鏡《めがね》をかけている。鶏《とり》ガラのように痩《や》せ細った年齢不詳の女だ。

「おはようございます」

女は俺に気づくと挨拶《あいさつ》をする。女の表情は変わらない。

「おはようございます」

俺はオウムのように挨拶を返す。それ以外の会話はしない。俺はこの受付の女とは『おはようございます』と『お疲れ様でした』以外の言葉を交《か》わしたことがない。名前も知らない。受付の女は受付の女でしかない。

受付を抜けると待合室になっている。猫の額ほどの広さしかない小さな待合室だ。

そこには三人掛けの長椅子《ながいす》が一つだけ置かれている。

奥の壁面にドアがある。ドアには【診察室】と書かれたプレートが貼《は》られている。

俺はドアを開け、診察室の中に入る。

狭い空間にデスクと丸椅子が二つ置かれている。

部屋の隅《すみ》にロッカーがある。ロッカーには白衣が入っている。俺はロッカーを開けて白衣を羽織る。

デスクの上には段ボール箱が一つ置かれていた。

段ボール箱の中には一本ずつ透明な袋に入れられた注射器が三十本ほどあった。注射器は透明な液体で満たされていて、針も付いている。

俺は注射器を段ボール箱の中から一つ残らず取り出し、専用の保管ケースに移し替える。

これがここに来てから必ず行う、俺の最初の仕事になっていた。

段ボール箱は毎朝、きちんとデスクの上に置かれていた。誰が運んでくるのかは知らない。

入っている注射器の本数は毎回違った。注射器の本数は、その日、ここに訪れる患者の数と同じであることは、働きはじめてから数日で気づいた。

待合室がざわざわと騒がしい。気づくと診療開始の時刻がまもなくと迫っていた。

「いのうえさあん」

午前九時になると同時に、受付の女が間延びした、あきらかに調子外れのおかしな抑揚《よくよう》で患者の名を呼ぶ。だが患者たちがそのことを気にする様子はない。

患者が診察室へと入ってくる。俺は頭を空っぽにして医者を演じる。

まずは狼狽《ろうばい》する老人たちに優しい言葉をかけて、落ち着かせる。

椅子に座らせると、すぐに保管ケースから注射器を取り出す。アルコールで消毒してから、患者の腕に注射を打つ。最初のうちは、緊張して手が震えることもあったが、今はもう慣れた。患者は皆、痩せ細った枯れ木のような腕をしていた。浮き上がった静脈に針が吸い込まれる。同時に透明な液体が血管に注入されてゆく。この透明な液体の正体を俺は知らない。

注射が終わると患者たちの誰もが、俺に感謝の言葉を口にして、診察室を出てゆく。

毎回、これの繰り返しだ。

仕事が終わった。その日の注射器の数は三十一本。訪れた患者の数も三十一人だった。

俺は白衣を脱ぎ、診察室を出る。

「お疲れ様でした」

受付の女は、患者を呼ぶときはおかしな抑揚のくせに、挨拶だけは平坦《へいたん》で何の抑揚もなかった。

「お疲れ様でした」

俺は挨拶を返し、女の方を一瞥《いちべつ》もせずに【竹田医院】を出る。

外に出るとすでに陽《ひ》は沈んでいた。

この仕事を充てがわれて三ヵ月が経過した。

あと最低九ヵ月はこの生活が続くらしい。

ふと産業廃棄物処理場の煙突が見えないことに気づく。煙突は、いつも夜になるとライトアップされていたが、今日はその灯《あか》りが消えているのだ。

俺は煙突があるはずの方向に目を凝《こ》らした。

煙突は漆黒の闇《やみ》に包まれ、やはり肉眼で捉《とら》えることはできない。

産業廃棄物処理場は年中無休で動いていると聞く。

そこには産業廃棄物処理場も煙突も間違いなく存在している。

そして煙突からは今日も、もくもくと煙が立ち上っているに違いない。

俺はなぜかあきらめきれずに、また必死に目を凝らした。

その日は、天気が悪く、夜空には月も星も見えなかった。この状況で煙突が見えるはずなどないのだ。

そのとき俺はふと我に返った。

煙突が、煙が、いったい何だというのだ。それが見えたからといって、何かが変わるわけなどないのに。

俺は急に馬鹿馬鹿《ばかばか》しくなり、その日はずっと下を向いたままボロアパートへと帰った。

2章
家電量販店売上高ナンバー1

R電器本社十四階にある店舗運営部では来期に向けての会議が行われていた。

会議がはじまってからすでに三時間が経過していた。スタッフの表情からはあきらかに疲労の色が見てとれたが、おかげで来期の新規出店予定の目処《めど》が立った。

来期の新規出店予定数は全国で十五店舗。一方、閉鎖する店舗が十ある。だから新規出店の純増数でいえばわずか五店舗しかない。

十年以上前、まだR電器が家電量販店の中で売上高ナンバー1を誇っていた頃は、毎年、新規出店が純増数で三十以上あった。

だがここ数年で大きく状況が変わった。全国へ出店する競合他社が増え、R電器は家電量販店売上高ナンバー1《ワン》の座から陥落した。R電器から一位の座を奪ったのは、T電気だった。

　Ｔ電気はＲ電器と同じように全国チェーンの家電量販店で、主に郊外に店舗を構えていた。Ｒ電気も同じように郊外型だった。だからどの町でもＲ電器の店舗の近隣には、Ｔ電気の店舗があった。Ｔ電気は競合他社に対する圧倒的な価格対抗と高ポイントの付与、さらに住宅事業を絡めたリフォーム戦略などで攻勢を強めた。結果、Ｒ電器はＴ電気との店舗単位での直接対決で遅れを取り、全国売上高ナンバー２の家電量販店となってしまった。

　ここまで副部長の麻生《あそう》に司会を任せて、ほとんど発言していなかった店舗運営部部長の斑目《まだらめ》壮一《そういち》はようやく話しはじめた。

「これで来期の出店計画はだいたい固まったな。実はもう一つ重要な議題がある」

　麻生が困惑気味な表情で斑目を見た。斑目はこのことを麻生にも話していなかった。斑目は麻生の視線を無視して話を続けた。

「知ってのとおり、我が社は来年で創立五十周年を迎える。この節目の年に何としてもＴ電気から家電量販店売上高ナンバー１を奪回したい。そのためにはどうしたらいいと思う？」

　質問に答えるスタッフはいない。皆、斑目の意図がわからないのだろう。麻生同様、スタッフは困惑している様子だった。

「だろうな……。これで簡単に答えが出るんだったら五年も六年も二位の座に甘んじているはずがない。麻生副部長はどう思う？」

　斑目は麻生に話を振った。

「何をすれば……というのは正直、すぐには思い浮かびませんが、現在のR電器の状況を考えると、T電気から一位を奪還《だっかん》するのはかなり厳しいということは理解しています」

もうすでに麻生はいつもの冷静さを取り戻している様子だった。

「そうだな。まずは現状をきちんと認識することが重要だな。わが店舗運営部のスタッフに、この現状を把握できていない人間などいないと思うが……一応、確認のために麻生副部長から皆に話してやってくれ」

「わかりました」

麻生は即座に答えた。

「T電気の去年の、グループ全体の年間の売上高はおよそ一兆円です。対してR電器は九千九百億円でした。T電気とは百億円の売上高の差があります。さらに今年に関していえば、すでにT電気は去年以上の売り上げが見込まれています。一方、我が社はこのままいくと去年の金額には届かないでしょう」

麻生はここで言葉を切った。

「来期も同様の伸び率でいくと百億以上の売り上げの開きが出るということだな。それでもスクラップ&ビルドにはなるが、差し引きでは新店が五店舗できる。この五店舗で年間いくらぐらい数字が作れる？」

斑目は麻生の話を受けて、質問で返した。

「はい。来期のマスタープランどおりにいけばですが、五店舗で四十五億ほど見込めます」

麻生はここまで一切資料を見ることなく質問に答えていた。斑目は、麻生の数字の強さには、全幅の信頼を置いていた。

「だとしても百億まで五十五億足りない……。全国の既存店舗でこの分を埋めることは可能か？」

「正直、難しいと思います。ここ数年、どの店も売り上げは前年を割り続けています。この状況で五十五億もの売り上げを作れるとは思えません」

斑目は無言で頷《うなず》いた。

「現状は麻生副部長の話してくれたとおりだ。このままだと売上高ナンバー1なんて夢のまた夢だな……。だが来期はこれを必ず実現させなければならない」

場を沈黙が支配する。やはり誰もが、斑目から発せられたこの話の意図を理解できないでいるのだ。

「あのう斑目部長……R電器の売上高ナンバー1への返り咲きは、この会社にいる人間なら誰もが目標としています。ですが現状は私が話したとおりです。正直、悔《くや》しいですが一年や二年で追い越せる差ではありません。R電器はT電気に一位の座を譲りましたが、しっかりと利益は出しています。ここは腰を据えて五年もしくは十年のスパンで一位奪回を狙《ねら》った方が良いのではないでしょうか？」

沈黙を破ったのはやはり麻生だった。

「実はそうもいかない事態が発生してな。先日、零度《れいど》社長に直々《じきじき》に呼び出された」

社長の名前を出した途端、あきらかに場の空気が変わった。皆、固唾《かたず》を飲んで斑目の次の言葉を待っている。

「社長室に呼び出されたのは、俺一人だった。そこで零度社長はこう仰《おっしゃ》った。創業五十周年になる来年は、何としてでも売上高ナンバー1をT電気から奪還したい。これは自分の悲願なんだ。当然、全社を挙げて取り組んでもらうが、特に店舗運営部に牽引《けんいん》してほしい」

社長の言葉を伝え、スタッフの顔を見ると皆、呆気《あっけ》に取られている様子だった。

「なぜ店舗運営部が……新店と既存店の良《よ》し悪《あ》しは売上高に直結しますから、わからなくもないですが……だったら商品部や販売促進部も同じように、いや我々以上に重要ではないかと……それで部長は何と答えたんですか？」

やはり斑目に質問してきたのは麻生だった。

「社長室に直接呼び出されて勅命《ちょくめい》を受けたんだ。全力を尽くして、必ずや結果を出します、そう答えるしかなかった」

社長である零度光太郎《こうたろう》の言葉は絶対だった。

零度光太郎は田舎《いなか》の貧しい農村で生まれ、若い頃はリヤカーに家電製品を積んで売り歩いたという。そして一代でR電器を築き上げた。家電量販店の業界では知らぬ人はいない伝説的な人物だった。その零度社長から直接、命を受けて、首を横に振るという選択肢など存在しない。

「だけど五十五億の売り上げを新たに作れだなんて……当然、零度社長も状況はわかっているはずなのに……いくら何でも無理ですよ……」

麻生の端整な顔が歪《ゆが》む。

「麻生副部長、無理だ無理だと言っていても何もはじまらない。とにかく五十五億の売り上げを作るために何ができるかを考えるしかないんだ」

斑目も無理なことは百も承知だった。だが零度社長の命なのだ。何とかしなければならない。同時に斑目は、これは大きなチャンスであるとも考えていた。もしもここで結果を出すことができれば、斑目に対する大きな評価に繋《つな》がることは間違いない。役員への道が開けるかもしれない。そういった意味でも、どうにかして結果を出したかった。

スタッフは皆、鹿爪《しかつめ》らしい表情をしているが、誰一人として意見を言う者はいない。

斑目はここにきて、やはり話すタイミングを見誤ってしまったかもしれない、と考えはじめていた。五十五億の新規売り上げを作る方法。この難問に対しての答えが簡単に出るはずがない。だからこそ会議の冒頭で話すことは避けた。会議が長引くことにより、当初、決める予定になっていた新規出店予定と閉鎖店舗の話をいつまでもできなくなると考えたからだ。

だが予想以上に会議が長引いた。皆、疲れ切っていて、この難問の答えを出す気力など、とうに失っていることに、今さらながら気づいたのだ。

やはり会議は仕切り直した方がよいかもしれない。そう考えはじめたとき、会議室の壁面にかけられている日本地図が目に入った。地図は白地図だったが、大半が赤で塗りつぶされている。塗りつぶされている部分はR電器が進出済みの地域を表していた。

今や全国展開している家電量販店はいくつもあり、一つの町に複数の量販店が存在するのがあたりまえの光景となっている。だから、もしもまだ未開の土地が存在するとしたら、どの家電量販店も我先にと進出を考えるに違いない。そういう状況だから、ある程度大きな町であれば、必ず複数の家電量販店が存在するといっても過言ではなかった。

ほとんどが赤く塗りつぶされている日本地図だったが、東北地方に塗りつぶされていない大きな楕円《だえん》形があった。真っ白な楕円形の中央に位置する町、それは政令指定都市であるS市に次ぐ、東北第二の都市K市だった。

「K市に進出することはできないだろうか……」

斑目は呟《つぶや》くように言った。

「斑目部長、K市は無理です。K市には轟《とどろき》家電があります」

麻生は斑目の提案に慌てた様子で言った。

「轟家電か……たしかに厄介な存在だな……」

「はい。K市に進出した家電量販店はこれまですべて撤退を余儀なくされています。あのT電気でさえ半年持ちませんでした」

轟家電は全国チェーンの家電量販店ではない。K市に一店舗しか存在しない地方の電器屋だった。だがこの地方の電器屋は、K市において、圧倒的な支持を得ていた。

「そうだな。T電気でさえ、半年持たなかった。だから、我々、R電器はK市に進出したことは一度もなかった。だが考えてみてほしい。進出に失敗し、撤退したのはT電気だ。R電器ではない。売上高一位を奪還するためには、T電気ができなかったことに、あえて挑戦して成功させる必要があるんじゃないか？」

斑目の問いに答える者はいない。皆、一様に押し黙ったままだった。

「T電気が駄目だからR電器が行っても駄目だなんて考えているようじゃ、一位など奪還できるわけがない。麻生副部長どう思う？」

斑目の問いに対し、麻生が答えるまで、数秒の間があった。麻生は何かを考えている様子だった。そしてようやく話しはじめる。

「たしかにそうかもしれませんね……。部長の仰るとおり、R電器が進出に失敗したわけじゃない。T電気はもしかしたら、所詮《しょせん》、田舎の電気屋にすぎないと轟家電のことを舐《な》めていたのかもしれません。きちんと轟家電を調査すれば、弱点も見えてくるはずです」

麻生から、この日、初めて発せられた前向きな意見だった。

「そのとおりだ。進出する前に徹底して競合調査を行えば必ず轟家電の弱点も見えてくるはずだ。K市の人口はおよそ五十万人だ。市内の競合店は轟家電の一店舗しかない。この状況で市内のシェアをある程度押さえられたとしたら、年間の売り上げはどれくらいになる？」

斑目の質問が終わらぬうちに、麻生はノートパソコンのキーボードを叩《たた》きはじめていた。

「はい……新店がどれほどの店舗規模かによりますが、オープンセールが成功すれば年間六十億は作れるかと思います」

「これで問題は解決だな」

そう言うと斑目は椅子から立ち上がり、K市の位置している、ポッカリと空いた楕円を赤ペンで塗りつぶした。

「みんなどうだ？　きっかけはたしかに社長の勅命だ。正直、俺も厄介ごとを押しつけられたと思ったよ。だけど、俺は今、考えを改めた。社長が商品部でも販促部でもなく、俺たち店舗運営部にこの話を持ってきたのには理由があると気づいたからだ」

斑目はスタッフ、一人一人の顔を見る。皆、真剣な表情で斑目の話に耳を傾け、次の言葉を待っているように思えた。

「それは俺たちに期待しているからに他ならない。社長直々の勅命なんだ。どうしようもない奴《やつ》らに話を振っても仕方がない。俺も皆の力を信頼している。そして五十五億の売り上げを作り、来期、T電気から量販店売り上げ一位の座を奪還し、その力を証明したい。みんな、どうか俺に力を貸してほしい！」

最後の一言は、より熱を込めた。

「たしかにこれは大きなチャンスかもしれないな」

その言葉を受け取ってくれたのは麻生だった。

「ここ数年、閉鎖店舗が増え、純増の店舗数も減っている。正直、我々、店舗運営部はこれといった実績をずっと出せていない。だが、ここで未開の地であるK市を攻略できれば本社の中でも大きな地位を得ることができる。本社勤務のスタッフは選《え》りすぐりの精鋭ばかりだ。同時に本社内での競争も熾烈《しれつ》だ。ここで結果を出せれば、俺を含め皆も、同期より、一歩も二歩も先に行ける。社長のため、斑目部長のためというのもあるが、やはり一番は自分たちのためだ。自分たちのために皆で挑戦してみないか？」

いつも冷静沈着な麻生にしては珍しい、熱を帯びた言葉だった。だがそれは皆の心に火をつけたようだった。

一人のスタッフが、やってやりましょう、と言葉を発したのを皮切りに、複数のスタッフからも賛同を示す掛け声があがった。

合計四時間に及んだ会議はようやく終わった。会議室には斑目と麻生だけが残っていた。

「麻生、助かったよ。みんなの協力を得られたのは、おまえの最後の言葉のおかげだ」

「本社にいるような連中はいつでも高い評価を得て、出世したいと思っている人間ばかりですからね。そこを煽《あお》れば賛同を得るのはそう難しくありません」

「さすが麻生だな。俺の見込んだ男だけのことはある」

斑目は冗談めかして言ったが、麻生の表情は変わらない。

「それにしても……こういう話をするなら事前に教えてほしかったですね」

麻生は大きく一つため息をついた。

「すまない……俺もどこかでおまえに話そうとは思っていたんだが、なかなかタイミングがなかった。それに結局、皆に伝えなきゃならないからな。この会議の直前に、この場で話してしまおうと急に思いついた」

「思いつきで言われてフォローする身にもなってくださいよ」

麻生はあきれ顔で言う。

「思いつきで言っても、おまえなら何とかしてくれると信じてるからな」

「まあ、昔も今も私の役割は変わりません。ずっと斑目さんのサポート役です」

斑目と麻生は本社勤務になる前も、一緒に働いていたことがあった。とあるR電器の地方店舗に二人は勤務していた。斑目が店長で、麻生は副店長だった。その店舗は斑目が着任当時、大きく売り上げが低迷していたが、麻生のサポートのおかげで実績を飛躍的に伸ばすことができた。

斑目はそのときの実績が評価されて、本社勤務となった。数年後、店舗運営部長となった斑目は、別の地方店舗の店長だった麻生を本社へと引き抜いた。

麻生の、本社への異動が正式に決まり、そのタイミングで斑目が電話をかけると、麻生はとても驚いていた。斑目は麻生の力を必要としていた。たしかに本社には優秀な人材は多くいたが、麻生に比べると見劣《みおと》りする人間ばかりだった。三十歳で本社勤務となった麻生は数年で、店舗運営部副部長の座まで昇ってきた。斑目の希望どおり、再び、麻生は斑目の右腕となったのだ。

「ですが斑目部長、皆には強気で言いましたが、轟家電を攻略するのは相当難しいですよ」

麻生の言葉が、一時、回想に耽《ふけ》っていた斑目を現実世界に引き戻した。

「わかってる……。だが他に五十五億もの売り上げを作る方法があるか？」

「正直、具体性のあるものは一つも思い浮かびません」

麻生は考える様子もなく即答した。おそらく麻生は、K市に進出することも具体性がないと言いたいのだろう。

「だろうな。やはり俺たちにはこの道しかないんだ。まずは轟家電の調査だ。麻生、頼めるか？」

斑目は麻生の考えを無視するように言った。

「わかりました。これは重要案件ですから何人かのスタッフを連れて、私が直接、調査に行ってきます。よろしいでしょうか？」

「恩に着る。よろしく頼む」

「それではさっそく明日から行って参ります」

一度、決まってしまえばやはり麻生は行動が早い。宣言どおり、翌日、麻生は二人のスタッフを連れてK市へと向かった。


麻生が調査を終えてR電器本社へと戻ってきたのは、その一週間後のことだった。

「麻生、ご苦労だったな。調査資料に目を通したが、これなら十分戦えそうだな」

轟家電の調査資料は、事前に、麻生が現地からメールで送ってくれていた。

「はい……。三日ほどかけて全部門の主要商品のプライスを確認してきましたが、R電器であれば十分に下をくぐれる金額だと思います」

資料には調査した商品の型番と価格が、数ページにわたりリストとなって詳細に記載されていた。

「かなり細かく価格を調べることができたな。妨害は受けなかったのか？」

メモなどを持って店内で長居などすれば、同業者だとバレてしまうことが多い。その場合、店内を逃げても店員がどこまでも付いてくる。さらに、大声で挨拶をしてきて、直接、注意されることもある。

「ええ……。それが轟家電の店員はまったく我々のことは気にも留めていないようで、自由に泳がせてくれました」

　麻生はどこか釈然としない様子でそう語った。

「接客はどうだった？」

「はい。可もなく不可もなく、という感じでした。顔が割れてしまった可能性を考えて、価格調査をしたスタッフとは別の人間に、接客を受けさせました。一応、黒、白、ＰＣ、それぞれの部門で接客を受けさせましたが、どの店員のレベルもそれほど差がないように思われます」

「そうか。口頭の値引きはどうだった？」

「はい。対応していましたが、その値引きの価格もポイントの付与率も想定の範囲内です。我々であれば十分に対抗できます」

「了解だ。話だけ聞くと、なぜＴ電気が勝てなかったのかまったくわからないな」

価格も勝てる。接客も並程度。本当になぜＴ電気は撤退に追い込まれたのだろうか。

「おそらく問題はそこじゃありません。轟家電はオペレーションが異質なのです」

　麻生は妙なことを言った。

「オペレーションが異質？」

「はい。資料にも記載していますが、轟家電の店舗は四階建てで、一階部分がピロティで、すべて駐車場になっています。二階と三階が売り場で、四階ではパソコン教室が運営されていました。二階が白物と黒物、三階がＰＣ関連の売り場です。ワンフロアーがおよそ一千坪。ですからトータルの売り場面積としては二千坪です」

「二千坪か。地方にある電器屋にしては相当大きいな。だがＴ電気を撤退させ、Ｋ市の市場を独占しているんだ。それぐらいは想定内だ。異質というのは何が異質なんだ？」

「はい。店員の数が異常です。二階の白物と黒物の売り場には五十人。三階のＰＣのフロアーには百人はいました。ですから売り場には百五十人のスタッフが立っていることになります」

「百五十人……何だそれは？」

家電量販店の常識ではとても考えられない、異常な店員の数だった。

斑目も本社に来る前はずっと現場の店舗で働いていた。十店舗以上は経験している。その中には大都市のマンモス店舗もあった。店舗の売り場面積は三千坪ほどあったはずだ。その店でさえ店員の人数は四十人に満たなかった。それだけ売り場の大きい店舗でも、客の数が少ないときなどはかなり店員の数が多く感じる。それが二千坪で百五十人も店員がいるとなれば、店が店員で溢《あふ》れ返っているイメージしか湧かない。

「そんなに店員がいても仕方ないだろ。ほとんどが何もせずにブラブラ遊ぶことになる」

「いえ……。九割近くの店員が接客に入ってました」

「待ってくれ……。どういう状況なのかが、まったくイメージできない。きちんと説明してくれ」

斑目は頭を抱《かか》えたくなった。これまで数限りなく競合店の調査報告を聞いてきたが、こんなことは初めてだった。

「はい……。まず客の九割が高齢者です。一人で来ている年配の男女、もしくは老夫婦で売り場は溢れ返っていました。店員たちはまるでコンシェルジュのように、一組ずつ、懇切丁寧に接客をしていました。そして一組にかける接客の時間が異様に長い。我々が見た限りでは、最低でも一時間、平均で二時間から三時間は平気で時間をかけているようでした」

麻生は自分で説明しながらも、あきらかに困惑している様子が見てとれた。

「家電量販店の常識では到底考えられない運営方法だな……」

斑目はとても信じられないという思いで首を振った。

「まさに……。普通は、運営においては、経費の削減を一番に考えるはずです。最低限の売り場人員で、如何《いか》に一件ずつの接客時間を短くして、回転率をあげることができるかが勝負となります。ですが轟家電は売り場から溢れるほどの人員を配置し、さらに接客に時間をかけている。非効率この上ない運営です。四階建ての店舗でワンフロアー一千坪もあります。店舗の維持費だけでもかなりかかっているはずです。ここにとんでもない人件費がのしかかってくることを考えると、そもそも経営自体、成り立つはずがない……」

麻生の言うとおりだった。常識では到底考えられない運営方法だった。破綻《はたん》しない方がおかしい。だが轟家電は、K市において、数十年にわたり営業を続けているのだ。

「どういうことだ？　商品の価格は我々と同程度なんだ。リストを見る限り高粗利《こうあらり》のオリジナル商品があるわけじゃない。プロパーの家電商品を売っても、得られる利益は高が知れてる」

小売業の中でも、家電量販店の粗利率は低いといわれている。定価で売れたとして、白物や黒物の粗利率は主に二〇パーセントから三〇パーセント、パソコンなどのOA商品などは一〇パーセントしかない。さらに口頭での値引きに対応しているとしたらさらに粗利益は下がる。

「そうですね。メーカーからの販売に対しての達成リベートがあったとしても、所詮一店舗です。少額にしかならず財源としては計算に入れられないはずです」

麻生は、斑目の意見に、同意の言葉で答える。

「あとは四階にあるパソコン教室か……。状況は確認することができたか？」

「いえ。ダメでした……。実はパソコン教室は会員制になっていまして、会員カードを持っていないと、四階に入れない仕組みになっていました」

麻生は申し訳なさそうに言う。

「そうか……。だが電器屋が運営しているパソコン教室は、基本的には客寄せの一環でしかないはずだ。これで大きな利益を得ることは難しいだろう。轟家電は電器屋以外の事業は行っていないのか？　例えば不動産や投資だったり……」

「それも調べました。他の事業はやっていないようです。電器屋とパソコン教室の運営だけのはずです」

　麻生は即座に答えた。

「いったいどうやって利益を得ているのか。まるで得体が知れないな……」

「そうなのです。私どもが接客を受けたときは、他の年配の客に比べるとあきらかに淡白な対応でした。おそらく轟家電は年配者に特化したサービスを提供しているのかと思われます。ですがその秘密を解き明かすには至ってません。今一度、時間をください。再度、調査に行ってまいります」

「駄目だ。行く必要はない」

　斑目は麻生の言葉を撥《は》ねつけるように言った。

「どうしてですか？」

「言葉のとおり必要ないからだ。轟家電が爺《じい》さんや婆《ばあ》さん相手に、どんなサービスを仕掛けていようが関係ない」

「待ってください。轟家電が大きな利益を得ている理由の秘密は、その高齢者相手のサービスにあるかもしれません。これについてはきちんと解明すべきです」

　麻生は斑目の頑《かたくな》な態度に戸惑っている様子だった。

「価格も勝っている。轟家電が高齢者相手にどんなサービスをしているかわからないが、我々にも長年培ってきた接客技術がある。所詮、一店舗しかない田舎の電器屋なんだ。どんなことを仕掛けてきても負けやしない」

「ですが現実にT電気も撤退を余儀なくされています。轟家電はあきらかに異質です。ここは時間をかけてでもきちんと調査をしてから出店すべきです。斑目部長も先日の会議で、綿密な競合調査が必要だと仰っていたじゃないですか」

麻生は必死にくいさがる。

「あのときとは状況が変わった。計画はもう走り出している」

「どういうことですか？」

「実は麻生が競合調査に向かった直後に、零度社長に呼び出された。そして進捗《しんちょく》状況を聞かれた。俺はK市に進出する計画を話した。轟家電のことも含め、おまえが競合調査に出ていることも伝えた。すると零度社長からはすぐに答えが返ってきた。K市への来期の新規出店については役員会議で私が通しておく。だから轟家電に必ず勝て。そう言われた」

斑目も本来であれば、麻生の提案どおり、さらに時間をかけて、轟家電のサービスの秘密を暴《あば》き、対策を立ててから出店しようと考えただろう。だが社長直々に新規出店のGOが出てしまったのだ。競合調査の結果がどうあれ、もはやK市に新規出店しないという選択肢はない。

「そうですか……」

麻生は力が抜けた様子で、そう言うとしばらく黙り込んでしまった。

「出店が決まった以上、責任者である我々が動くのは得策ではない」

「それでは……店舗運営部の他のメンバーや新規店舗のスタッフを使って、競合調査は継続させましょう」

麻生は最後の抵抗をするかのようにポツリと言葉を発した。

「麻生……たしかにおまえの言うとおり轟家電は得体の知れない存在かもしれないが、そこまで恐れる必要はないいんじゃないのか？　そもそも客はアフターサービス目当ての老人ばかりじゃないんだ。価格目当ての一般客だって間違いなく存在するはずだ。轟家電の奇妙なオペレーションに惑わされることなく一般客をきちんと囲い込めば、勝算は見えてくるはずだ」

轟家電が、どんなカラクリで利益を挙げているかはわからないが、店舗規模に見合わない過剰な人員を配置して、かつ一組の接客に数時間をかけるなど、店舗の運営面から考えたら百害あって一理なしのはずなのだ。そのような馬鹿馬鹿しいパフォーマンス的な運営に惑わされることなく、自分たちのペースで営業できれば負けるはずがないように思えた。

「斑目部長、私もR電器の本社の人間です。競合調査の結果報告を雰囲気などで語りたくありません。この目で見てきたことを冷静に分析して、数字を交えて語るもの以外、まったく意味などないと考えています。ですが……轟家電は違うのです……。これまで私が見てきた競合他社とはまったく違う存在に思えるのです。巨大な店舗に溢れかえる老人と店員たち……。あまりにも異様です。それに店舗だけじゃない……」

「店舗だけじゃない？」

「はい……あのK市という町……一見、普通の中堅都市なのですが……老人の数が異様に多い。さらに轟家電のロゴが入ったワゴン車を町の中で何度も目にしました。何かK市という町そのものが轟家電のような……そんな気がしてきたのです……」

麻生はいったい何を言っているのだろう。あきらかに様子がおかしい。麻生は語りながらずっと何かに怯《おび》えているように見えた。こんな麻生を見るのは初めてだった。

「先ほど……もう一度、K市に行かせてくれと言った私を部長は、駄目だ、と止められましたよね。私は何としてでももう一度行かねばならないと強く思った一方で、正直、ホッとしたのです。なぜならあの町にずっといると……町そのものに取り込まれてしまうかもしれない……馬鹿馬鹿しいと思われるかもしれませんが、本気でそんなふうに考えてしまうのです……」

3章 新店の如月

Ｒ電器Ｋ店店長の如月《きさらぎ》優太《ゆうた》は店の事務所で一人、頭を抱えていた。

本社の肝入りで行われたＫ店のオープンセールが大失敗に終わったのだ。

オープン初日から十日目までの累計売上予算は七億円だった。それなのに実績はたった一億円という悲惨な結果で終わった。

オープンの一ヵ月前から大々的にテレビＣＭを流し、オープンの直前には、大手新聞三紙に、Ａ３判の大型の折り込み広告も入れた。如月がＫ店の店長に決まってからオープンするまでの時間は驚くほど短かったが、結果を出すために、できる限りの準備はしてきたはずだった。それなのに、なぜこんなことになったのか――。

新規出店のオープンセールは、電器店にとっては大きな祭りだった。

その祭りを盛り上げようと、全国のＲ電器の店舗から大勢の社員が応援に来た。その中には知った顔もあった。如月のかつての上司の姿もあった。契約している家電メーカーも、数多く販売スタッフを派遣してきた。如月はこのオープンセールを成功させて、本社に対し、自分の店長としての実力をアピールするつもりだった。

だが結果はアピールをするどころではなかった。皆の前で赤っ恥をかくこととなった。あまりの売り上げの低迷ぶりに十日間のオープンセールの終了を待たずしてR電器の応援社員も、メーカーの応援者も早々に引き上げてしまった。

如月は今まで経験したことのない屈辱に塗《まみ》れていた。

不意に携帯電話が耳障《みみざわ》りな音で鳴った。液晶画面には【店舗運営部】と表示されていた。驚いてすぐに如月は電話に出た。

「は、はい、如月です」

『店舗運営部の斑目だ。かなり苦戦しているようだな』

「ま、斑目部長……お疲れ様です……わざわざお電話いただきありがとうございます。オープンセールでは大きく出遅れてしまいましたが、ここから挽回《ばんかい》いたします」

R電器本社店舗運営部の斑目部長からの直電だった。本社の部長から直接店舗の店長に電話が入るのは極めて異例のことだった。如月は数多くの新規オープンに携わってきたが、こんなことは初めてだった。

『如月店長、オープンセールだけですでに六億も落としてるんだぞ！　本当に挽回できるのか！』

斑目部長の口調はかなり厳しいものだった。

「は……はい、必ず……」

如月の心は大きく打ちひしがれていたが、相手は本社の部長なのだ。こう答えるしかなかった。

『私は君を買い被《かぶ》りすぎていたかもしれないな。私は君のことを新規出店で必ず結果を出すR電器のエースと思っていたのだが……』

斑目部長は落胆する様子を隠さなかった。電話越しに大きなため息が聞こえた。

「斑目部長が直々に、私をK店の店長に抜擢《ばってき》してくださったことは聞いております……。もう少し……もう少しだけ時間をください。必ず結果を出してみせます」

如月は誰もいない事務所で必死に頭を下げ、斑目に訴えた。

『如月店長、K店で結果を出すことは絶対だ。店舗運営部としてもバックアップは十分行っている。もしも結果を出せなければすべては君の責任だ。私をこれ以上落胆させるなよ』

直後、如月の返答を待つことなく、電話は一方的に切られた。

大きなチャンスだと思っていた。二段飛ばしで駆け上がってきた階段。今、それが脆《もろ》くも崩れようとしている。

これまでの如月は順風満帆だった。

R電器の本社があるF県の大学を卒業した如月は、新卒でR電器に入社した。入社してわずか三年後の二十五歳のときに、ある地方店舗の店長を任された。R電器の中でも、二十代半《なか》ばでの店長への昇格は他に類を見ない。大抜擢であった。その地方店舗で如月は結果を出した。

当時はテレビの地上波がアナログからデジタルへと移行する年で、その後押しもありテレビやレコーダーが飛ぶように売れた。それから如月はおよそ二年もしくは三年の周期で異動を繰り返した。異動先での役職はすべて店長だった。だが任される店舗の規模は異動するたびに大きくなっていった。中には今回のK店と同じように、新規出店店舗の店長として着任することも何度かあった。新規店舗は店を一から立ち上げ、新たな社員を統率し、オープンセールでは必ず結果を出さなければならない。プレッシャーも大きく、誰もが敬遠する仕事だった。

だが如月は新規出店の仕事を得意としていた。一から店を作るといった地道な作業も嫌いではなかったし、新たな社員とコミュニケーションを構築するのにも自信があった。オープンセールは必ず話題になるから一定以上の来客は見込まれる。客の満足する価格を出せば必ず売り上げは確保できる。オープンセールではとにかく粗利よりも売上高を確保しなければならないから、本社もある程度の値引きは許容してくれた。客の購買意欲はいつもよりあきらかに高い。余計なことを考えず、流れにさえ乗れれば結果は出るのだ。

他の店長たちがなぜ新規オープン店舗を苦手としているのか、その理由をきちんと聞いたことはない。もしかしたら、皆、色々と考えすぎてしまっているのかもしれない。

たしかに売上高最優先といっても最低限の粗利は確保しなければならない。さらにオープン店舗は、店舗に所属する社員の他に、各店からの応援や、メーカーからの販売応援などで管理しなければならない人員も多い。こういった粗利確保のための調整業務や人員の管理業務を他の店長は真面目にやりすぎているのだ。

如月は、こんなことは深く考えなくていいと思っていた。オープン期間はまずは何も考えずにとにかく売り上げを作ることに専念する。オープン月からの数ヵ月が低粗利であっても、通常月に入ってから価格を抑制して粗利を確保すればいいだけの話だ。年間で見て、一定以上の粗利が確保できていれば何ら問題はない。

如月は基本的には楽観的な性格であった。いつも何とかなると考え、実際に何とかなってきた。新規店舗に関してはとにかく売上高と、どんぶり勘定の運営でこれまでずっと結果を出し続けてきた。

そして如月はいつのまにか【新店の如月】と呼ばれるようになっていた。

今回のK市への出店も、何の問題もなく結果が出せると簡単に考えていた。

なのになぜ――。

だが、今考えてみると気になる点はいくつかあった。

K店への異動の通達が下りた直後、如月は新たに上司となる統括部長に挨拶に行った。

R電器は全国に五百以上の店舗があるが、店舗所在地によって全国を九つのエリアに分けていた。北から【北海道】【東北】【関東】【中部】【近畿《きんき》】【中国】【四国】【九州】【沖縄】の九つだ。それぞれに統括部が存在し、各エリアの統括部長がエリア内の店舗を担当していた。

K市は東北地方にあるので、所属するのは東北エリアだった。東北エリアの統括部の事務所は、東北地方の最大の都市であるS市内のR電器S店内にあった。

東北エリアの統括部長は如月が挨拶に行くと、なぜかひどく気の毒そうな表情を向けたのだった。

「正直、K市を攻略するのは相当難しい。K市には轟家電がある。東北統括部にとってもK市への進出は寝耳に水だった。どうやら役員会議で、急遽《きゅうきょ》決まったらしい。如月店長には大変な仕事になると思うができる限り頑張ってくれ……」

山岸《やまぎし》という名の統括部長はひどく弱気だった。

「山岸統括部長、待ってください。私は勝ちに来てますよ。私はこれまで新規店舗で結果を出し続けてきました。今回も同じように必ず結果を出します」

如月は力強く言った。自分が店長に就任するのだ。勝てないはずがないと強い自信を持っていた。

「心強いな。さすが【新店の如月】だな。たしかに如月店長なら結果を出してくれるかもしれないな……。この仕事はたしかに大変なものだが、店舗運営部の斑目部長の肝入りの案件だと聞いている。今回の人事も斑目部長が直接、君を新店長に推薦したらしい。ここで結果を出せば、君の評価が高まるのは間違いない」

どうにも山岸は如月の反応を見て、話し方を変えているように思えた。如月がこの仕事に思っていた以上に前向きな姿勢を見せたため、それに合わせてきたように感じたのだ。

それよりも如月は店舗運営部部長の斑目が、自分を直接、推薦してくれたという話に驚いていた。

「え……。斑目部長が私を新店長に推薦してくれたんですか？」

「ああ。斑目部長は、今回のK市への新規出店計画は何が何でも成功させたいらしい。だから新規出店のエースである君に白羽の矢が立ったようだ。統括部もできる限りバックアップするから何とか結果を出してくれ。応援しているよ」

応援しているよ、とはいったいどういうことなのか。まるで他人事《ひとごと》ではないか。K店は山岸が管轄する東北エリアの一店舗になるのだ。本社に対するK店の数値責任は当然、山岸にもあるのだ。一言言ってやろうかと思ったが、如月はぐっ、と堪《こら》えた。着任早々、統括部長と敵対するのは得策ではない。K店でしっかり数字を作った後に、思う存分言ってやろう。

「ありがとうございます。必ず結果を出してみせます」

如月はどうにか笑顔を作り、そう言うと、さっさと統括部を後にした。

K市への出店へ向けての準備は急ピッチで進んでいた。

K店の店舗に関しては、K市内に撤退したばかりの大型スーパーの建物があり、そこに居抜きで入ることとなった。ワンフロアーではあるが売り場だけで千五百坪は確保できる広さがあった。売り場面積だけで考えれば東北エリアの旗艦店舗であるS店と遜色《そんしょく》ない。駐車場も広く、一千台近く置けるという。これなら十分戦える。如月は自信を強めた。

什器《じゅうき》や商品は間もなく搬入される予定だった。あとはできるだけ早く、K市内に部屋を借りて引っ越さなければならない。如月は独身だった。だから住む場所に特にこだわりはなかった。オープンして数ヵ月経過して落ち着くまでは、おそらく休みが取れないことを覚悟している。ほとんど寝に帰るだけの場所になるはずだから、何でもいいのだ。

如月はK市内にある不動産屋に向かった。店舗から車で五分の場所に手頃なマンションが見つかり即決した。すぐにでも引っ越しをと思ったのだが、予想だにしないことが起こった。審査が通らずマンションを借りることができなかったのだ。不動産屋から連絡があり、そのことを聞いて如月は愕然《がくぜん》とした。異動のたびに部屋を借りてきたが、今まで審査に落ちることなど一度もなかった。如月は一部上場企業のR電器の社員であり、店長という役職にもついている。今年で三十五歳になるが、年収も同年代の人間たちの中でトップクラスなのは間違いない。如月にはローンなどの借金の類も一切ない。

だから審査で落ちたことにどうしても納得がいかず、如月は電話口で不動産屋の担当者に、落ちた理由を説明してほしい、と食ってかかった。だが、不動産屋は、審査の内容に関しては口外できません、の一点張りで埒《らち》が明かずあきらめるしかなかった。

如月はすぐにK市内の別の不動産屋へ向かった。また良さそうな物件があったので、今度こそはと申し込んだ。だが——再び審査に落ちたのだった。

如月は狐《きつね》につままれたような気分だった。いったい何が起きているのか理解できなかった。それでも部屋を借りなければ何もできない。如月は手当たり次第、市内の不動産屋を回り、物件を探し続けたが、結局、どの不動産屋でも審査が通ることはなかった。

K市での不動産屋のあてがなくなった如月は仕方がなく、市外となるA市の不動産屋を訪れた。するとあっけなく審査に通ったのだった。ようやく物件が決まったが、A市からK市内の店舗まで、車を使って一時間以上かかる。

その後、本来なら五分だったのに、と思いながらの通勤に辟易《へきえき》しながらもオープンの準備は着々と進んでいった。だが、またしても問題が発生した。

現地での店舗スタッフがまったく集まらないのだ。R電器では通常、新規出店する際、現地で店舗スタッフを募集する。店長、副店長、係長の役職者は別店舗から新規店舗への異動となるが、それ以外の販売スタッフはパート従業員を中心として現地での募集を行っていた。

R電器は定期的に全国放送でCMも流しており、知名度は高い。だから如月はこれまで、現地採用でスタッフが集まらないという経験をしたことがなかった。通常は、募集人員よりも多くの希望者があり、人材を選別することができていた。

だが募集をかけて一ヵ月が経過しても、応募者は一人も現れなかった。それどころか問い合わせの電話すら一本もなかった。

K市には五十万もの人間がいるのだ。人や車が町に溢れ、立派な中堅都市を形成している。なぜこれほどまでに人が集まらないのか、如月は理解できなかった。

人が一定以上集まらなければ、店舗という箱だけあっても、電器店は営業できない。

如月は統括部長の山岸に電話で状況を伝えた。

『やはりK市は簡単にいかないな。その町ではいつもあたりまえにできることができない』

何か含みを持たせたような言い方だった。山岸の、如月に対する言葉はあきらかに同情の色を帯びていた。

山岸は何かを知っているのだろうか――。

如月は部屋がなかなか決まらなかったことなど、今の不安な思いを相談しようかと思ったが、直前で踏みとどまった。挨拶に行ったときの、山岸の他人事のような態度を思い出したのだ。強気に出たこともあり、ここで弱いところを見せて相談する自分が許せなくなったのだ。

如月は何と言ってよいかわからず、言葉を探していた。

だが、その前に山岸が話し出した。

『状況はわかった。こちらで市外での募集もかけてみる。通勤距離はあるが、契約社員募集に切り替えて、正社員登用制度ありを謳《うた》えば、人は集まるだろう。それでもダメだったら、他の店舗から社員を送る。当然、役職者は無理だが一般社員なら送れるはずだ』

「ありがとうございます」

感謝の言葉が自然と出た。山岸の印象が少し変わった。

数週間後、無事、必要数の新規スタッフを採用することができた。やはり、すべて市外からの応募者だった。

このように不穏なことが重なったが、予定どおり、オープンに向けての準備は進められていた。問題の轟家電の競合調査に関しては、本社から派遣されてきた店舗運営部のスタッフにすべて任せていた。通常、店舗の社員が行うのだが、現地スタッフの採用のタイミングがかなり遅れたため、社員は新人の研修に時間を費やさなければならない状態にあった。

如月自身も様々な業務に追われ、直接、轟家電を見に行くことはできなかった。だが店舗運営部の調査班が詳細な轟家電の報告書を送ってきてくれた。

如月はその報告書に目を通した。事前に聞いていた情報どおり、価格に関しては十分戦えそうだった。その他、不思議なことも書いてあった。来店客の大半が老人で、店員の数が異常に多く、ほぼマンツーマンで接客しているとのことだった。おそらく何か老人向けの施策を行っているらしいのだが、その詳細はまだ把握できていないという報告だった。

やはり所詮田舎の電器屋だ。店舗規模は大きいらしいが、来店客に対してマンツーマンで対応するなど非効率極まりない。さらに大半が老人ということであれば、一件ずつの接客時間は相当かかるはずだ。客は、時間をかけた接客を求める老人だけではないのだ。接客よりも価格だけで判断する客も相当数いる。

老人向けの施策の正体はわからないが、どうせ時間ばかりかかる収益性の低いくだらないサービスをやっているに違いない。R電器は価格競争に重きを置いた回転率重視の接客で収益をあげている。轟家電とはまったく違うスタイルで戦っているのだ。価格以外は重複する部分がない。正直、競合店にもならないのでは、と感じた。

価格で負けさえしなければ、必ず勝てる。K市には轟家電以外の競合店は存在しない。通常、五十万もの人口の都市であれば、少なくとも競合店が三つか四つは存在するのだ。如月は勝利への自信を深めた。

あっという間に忙しく日々は流れ、オープン初日を迎えた。新規スタッフへの研修も何とか無事終えることができた。他店やメーカーからの販売応援もあり、人員についても抜かりはない。台数限定の目玉商品も数多く揃《そろ》え、オープンセールの賑《にぎ》やかしとして、お笑い芸人も呼んだ。

オープン前から駐車場が多くの車で埋まり、店舗のエントランス前には長蛇の列ができていた。この様子を見て如月は勝利を確信した。

午前十時になり、いよいよ店がオープンした。店内はすぐに大勢の客でごった返した。目玉商品はすぐに売り切れた。ここからさらに客数が増え、それに比例して売り上げもあがってゆくはずだ。

数多くのオープンセールを経験してきた如月だったが、この流れで結果が出なかったことは一度もない。山岸の心配は杞憂《きゆう》だったのだ。早期撤退したT電気の店舗は単純に、店長が無能なだけだったのだろう。田舎の電気屋風情が【新店の如月】に敵《かな》うはずはない。如月は、山岸の驚く表情を想像してほくそ笑んだ。

だが今まで経験したことのない異変が起きた。

昼を前にして客が引きはじめたのだ。

事務所のモニターでこの様子を見ていた如月は、すぐに売り場で社員のハンドリングを行っている副店長の青柳《あおやぎ》を呼んだ。

「青柳副店長、客が引きはじめている。売り上げも止まっている。もっと客の購買意欲を掻《か》き立てなければダメだ。挨拶の声が小さくなってきている。スタッフ全員が大きな声で挨拶するように徹底してくれ。それと各コーナーで担当を一人決めて、山積み商品をハンドマイクで訴求してほしい。同時に十五分に一回は館内放送での訴求も徹底すること。引いてきているとはいえ、まだ多くの客が店にいるんだ。賑やかしが足りていない。オープンセールなんだ。祭りなんだから、もっと盛り上げて来店客数をそのままレジ通過客数にするぐらいの気持ちでやってくれ」

　如月は一気にまくしたてた。

「了解しました」

　青柳は緊張の面持ちで答えた。副店長の青柳は如月よりも五歳上だった。青柳とは初めて仕事をするが、後方での管理業務よりも売り場で自ら販売もしながら、スタッフをまとめる現場の仕事の方を得意としているように見えた。だから売り場のハンドリングに関してはすべて青柳に任せることにしていた。

「大物の接客に関しては営業力の高い他店からの応援者を優先して入れるようにしてくれ。あてがう人間が足りなくなったら副店長が接客に入っても問題ない。その場合は俺が売り場に出てハンドリングを行う。とにかくオープン初日から数字を落とすわけにはいかない。頼んだぞ」

　青柳にはきちんと如月の緊張感が伝わったようだった。売り場からは商売繁盛の半被《はっぴ》を着たスタッフの、大きな挨拶の声が絶え間なく聞こえるようになった。館内放送とハンドマイクでの商品訴求も、店内の賑やかしを後押ししていた。無線でも青柳からの接客指示がひっきりなしに飛んでいた。

大丈夫だ。ここからだ。絶対に巻き返す。この俺がこんなところで躓《つまず》くはずがない。斑目部長肝入りの仕事なのだ。結果を出して、俺は絶対に大きく飛躍する。斑目部長に認められれば、地区の統括部長や、本社勤務の課長職も夢ではない。そう考えて如月は自らを強く鼓舞した。

だが——その如月の強い思いとは裏腹に時間が経過するごとに、どんどん客数が減っていった。夕方以降は、来店客よりも店員の数の方が多い状態がずっと続いた。客の少ない店内に店員たちの大きな挨拶の声が虚《むな》しく響き渡っていた。結局、オープン初日はそのまま終わってしまった。オープンからの十日間の累計予算は七億円。初日の予算は一億五千万だった。だが結果は三千万だった。達成率はわずか二十パーセント。初日にして一億二千万もの遅れを作ってしまった。吐き気をもよおすほどの大惨敗だった。実際に如月は閉店して、スタッフが全員帰った後に、事務所横のトイレで一人、嘔吐《おうと》した。スタッフを前にした終礼では、オープン初日でもこんなことはある。明日、今日の遅れを絶対に取り戻しましょう、と強気に語ったが、内心は焦燥に駆られていた。

嘔吐した後、這《は》うようにして事務所に戻り、コップ一杯の水を喉《のど》に流し込んで、何とか気持ちを落ち着かせた。

大きなマイナスを初日から作ってしまったが、まだたった一日終わっただけだ。オープンセールは十日間あるんだ。九日間で今日のマイナス分を少しずつ返していけばいいだけだ。

もうこれ以上のマイナスは考えられない。落ちるところまで落ちたんだ。明日から上を見て登ってゆくだけだ。如月はそう自分に言い聞かせて、気持ちを何とか奮い立たせた。

だが――オープン二日目も同じだった。まるでデジャブを見ているかのようだった。二日目の朝も初日と同様に、駐車場は車で埋め尽くされて、エントランスにはまた長蛇の列ができていた。この光景を見たときは、今日こそはと思えたのだが、その思いは一瞬で消《き》え失《う》せた。

午前中の限定商材が捌《は》けると、昼過ぎには波が引くように客はいなくなった。二日目の売り上げは二千万だった。遅れを取り戻すどころか、さらに大きな遅れを作ってしまった。すぐに店舗運営部から派遣されている調査部隊に、轟家電の状況を調査に行かせた。だがR電器オープンの影響もなく、あいかわらず店舗は老人たちで溢れかえっているだけだという。R電器に来た客が轟家電に流れている様子もなさそうだと報告を受けた。では、なぜこれほどまでに売り上げが作れないのか――。まったくわからなかった。

そして気がつくとオープンセールの十日間が終わっていた。

十日間で作った数字はたった一億。予算は七億なのだ。如月がこれまでに経験どころか、想像すらしたこともないほどの壊滅的な結果だった。

店舗運営部部長の斑目からの電話でさらに打ちのめされた。如月は斑目の期待を大きく裏切ってしまったのだ。

それでもオープンセールなのだ。大惨敗の結果だが、R電器K店は、まだはじまったばかりだ。如月は、斑目に必ず結果を出すと伝えた。まずは四半期の三ヵ月間でオープンセールの遅れを取り戻さなければならない。

まずはなぜこれほどまでにオープンセールで結果が残せなかったのかをきちんと分析する必要がある。そう考えた如月は副店長の青柳と係長の瓜生《うりゅう》の役職者三人でミーティングを行うことにした。

ミーティングは閉店後に事務所で行った。結果が結果だけに、青柳も瓜生も沈痛な面持ちをしていた。

「オープンセールは大惨敗だった。二人も把握しているとおり十日間の予算が七億、実績は一億。達成率はわずか十四・二パーセント。六億の遅れだ。受け入れがたい現実だが、結果は結果だ。だがK店ははじまったばかりだ。あとはこの反省を踏まえて、どのように立て直し、日々の数字を作ってゆくかが重要になる。目標としてはここから四半期決算までの三ヵ月間でオープンセールの遅れの六億を取り戻したい。そのためにはこの十日間の振り返りが重要だ。これまでも二人には逐一《ちくいち》状況を確認していたが、もっと細かな分析が必要だと感じている。何でもいい。売り場で気になったこと、感じたことがあったらすべて俺に教えてほしい」

するとすぐに青柳が話し出した。

「限定の目玉商品しか売れてないんです。それを目当てに一時的に集客は増えますが、それがなくなると一気にお客様が減る、という状況の繰り返しでした。普通は目玉商品が呼び水となり、他の大物商品も売れて、来店客数も夕方くらいまでは増えるはずなのに……昼過ぎには客が恐ろしい早さで引いてしまう……こんな経験、私も初めてです……」

青柳は困惑している様子だった。

「瓜生係長はどうだ？　俺と副店長はほとんど売り場で接客していない。接客していて気づくことはあったんじゃないか？」

如月は瓜生に話を振った。瓜生は三十歳になったばかりでまだ若い。K店への異動と同時に係長へと昇格した。以前の店舗では黒物のコーナー長で、その店のトップセールスだった。

係長は役職者であり、店舗によっては自身で接客はせずに売り場のハンドリングのみを行うこともあるが、新店でしかも、係長に昇格したばかりだ。ハンドリングを任せるのは難しいだろうという判断で、その役目は青柳に担ってもらい、オープンセール期間に関しては、瓜生には販売に集中してもらっていたのだ。救いがたい数字ではあるが、その中で瓜生は、店舗で一番の売上高を作っていた。

「はい。実は気になっていたことがありまして……。お客様の商品を駐車場まで運んだときに気づいたんです。何気なく駐車場に駐《と》まっている車のナンバーを見たら、そのほとんどが市外ナンバーでした」

如月は、すぐには瓜生の言ったことが理解できなかった。

「何……ほとんどが市外……そんな馬鹿な……」

K店の所在地はK市内のほぼ中心部に位置している。店舗の近隣には高層マンションや住宅が建ち並んでいる。車を持っていれば利便性も高いはずだ。隣の市との境界線に店舗があるような環境なら可能性はあると思うが、これだけ町の中心にあって、市内の客がほとんど来ないなどということが起こりうるだろうか。

「はい……僕も信じられませんでした。ですが駐車場で見た限り、ほとんどがA市のナンバーでした」

瓜生はそのときのことを思い浮かべているのだろうか。虚空を見上げ、何度も瞬きをした。

「だけど瓜生係長が駐車場に出たときに、偶然、A市のナンバーの車が多かっただけとは考えられないか？　全国チェーンのR電器のオープンセールなんだ。市外からもかなりの客が来ているはずだ」

そう言ったのは青柳だった。

「それだけなら僕も偶然だと思ったかもしれません。ですがそれだけじゃないんです……」

「何があった？」

いったいこの店で何が起こっているのだろうか――。如月は不安のあまり急《せ》きたてるように質問をした。

「はい……ポイントカードの住所です。売り上げが悪いといっても、僕はこの十日間でかなりの数の接客をしました。そして必ずポイントカードを作ってもらいました。そのときに書いてもらった申込用紙の住所は、記憶している限り、すべてがA市でした」

そんなことが起こりうるのだろうか――。もしも瓜生の言っていることが正しければ、K市の人間はほとんどこの店に来ていないということになる。

「瓜生係長、すまないが、保管室から、この十日間で獲得したポイントカードの申込書をすべて持ってきてくれないか」

「わかりました。すぐに持ってきます」

瓜生は即座に立ち上がり事務所を出ていった。帳票や個人情報の伴う申込書はバックヤードに保管室があり、そこで管理していた。

瓜生はすぐに申込書の入った段ボール箱を抱えて事務所へ戻ってきた。箱をデスクに置き、申込書の束《たば》を取り出した。申込書にはポイントカードのカードナンバーの他に、氏名、住所、電話番号などが記載されている。

「よし。三人で手分けして住所を確認しよう」

如月は瓜生から受け取った申込書を三等分して、青柳と瓜生に振り分けた。そこから黙々と三人で申込書の住所を確認し続けた。およそ三十分で作業は完了した。

住所を確認した如月は言葉が出なかった。確認した住所の九割以上がA市だったのだ。

「信じられない……ほとんどがA市です……」

青柳が言った。

「僕のは全部A市でした……」

瓜生はおずおずと言う。これで完全に理解できた。この店にはK市在住の客がほとんど来ていないのだ。これでは売り上げが伸びるはずがない。

「朝、駐車場がいっぱいだったのは、すべて限定商材目当ての客だったってわけだ。チラシはA市にも打っている。特価品目当てなら、A市から時間をかけて来てもおかしくはない」

如月は頭の中で状況を整理しながら語った。

「午前中の限定商材が捌ければ、それ目当ての客はいなくなる。通常であればそこから市内在住の来店客が増え、比例して売り上げも伸びる。だが市内にいる客はほとんど来ないため、午後からは来店客数が著《いちじる》しく落ちる……そういうことでしょうか？」

青柳が如月の話を受け取って話した。

「おそらく……」

如月は力なく頷いた。

「どうして……これだけ大々的にオープンセールをやっているのに市内の客が来ないなんて

……そんなこと……」

瓜生はこの状況を信じられない様子だった。

「如月店長、部屋が決まるのにかなり時間がかかってましたよね？　本当は何かあったんじゃないですか？」

青柳が不意に聞いてきた。以前、青柳とこの話になったときは、K市内に思ったような物件が見つからなくて結局、A市の物件にした。遠いがそこから通うことにしたと話していた。店長である自分が、審査に落ちたとは、恥ずかしくて言えなかったのだ。

「実は……K市に物件は見つかっていた。だが、なぜか審査に落ちたんだ。数え切れないくらい落ちた。だからなかなか部屋が決まらなかった」

如月は青柳の質問に何か意図があると考え、正直に答えた。

すると青柳は大きく目を見開いた。驚愕《きょうがく》している様子だった。

「本当ですか？　私も同じです……。私もK市内の物件は全部審査に落ちました。それで仕方なくA市から通っているんです」

今度は如月が驚く番だった。如月はあまり他の社員に対して、プライベートなことは詮索《せんさく》しない主義だった。社員台帳があるから当然、青柳がA市に部屋を借り、そこから通っていることは知っていた。だが今まで理由は聞いたことがなかった。

「僕もです……K市内の物件が全然決まらなくて……理由はわかりませんが審査に落ちて

……仕方なく僕もA市で部屋を借りました……何度か異動を経験してますが、こんなこと初めてです……」

瓜生の言葉だった。顔は青ざめていた。

「いったいどうなってるんだ……こんなこと言うつもりはなかったんだが……新規で雇っている契約社員やアルバイトは全員、A市から来てもらっている。当然、K市内で募集したが一人も応募者が現れなかったんだ」

如月の告白に、青柳も瓜生も言葉がないようだった。ただ二人とも呆然《ぼうぜん》とした表情で如月を見ていた。

「三人全員がK市の物件審査に落ちて、K市民は一人として、この店で働くことを希望せず、客としてさえ、店舗にほとんど来ない。もしかしたら俺たちはK市から拒絶されているのかもな……」

如月は自嘲《じちょう》気味に語った。

「何かこの町、気味悪くないですか……」

瓜生が如月の言葉に呼応するかのように言葉を発した。

「気味が悪い？」

如月には瓜生の言った言葉の意味が理解できなかった。不穏なことが続いているが、町自体については特に違和感はなかった。五十万もの人口を有する中堅都市なのだ。近代的な町で、人も車も溢れている。そこには気味の悪さを連想させるようなものは何もなかった。

　青柳も同じ意見なのか、どうにも要領を得ない表情をしていた。

「大変申し訳ない話なのですが、店長も副店長も出店が決まってから今日まで、ほとんど休みがなく店に籠《こも》りっぱなしだったと思います。一方、僕は定期的に休みをいただいています。僕は町歩きが趣味で、休みの日は町の中を散歩したり、車でドライブをしてました。そこで気づいたことがあって……」

　ここで瓜生は言葉を一度切った。

「年配者が……老人がすごく多いように感じました」

　瓜生は何かに怯えるような表情を見せてそう言った。

「それについては俺が説明できる。これはほとんど知られていないことだが、実は、K市は高齢者の優遇施策を行っていて、全国から高齢者を受け入れているらしい。高齢者だったら安く家を借りることができて、割の良い仕事も斡旋《あっせん》していると聞く。だから他の町よりも老人が多いことは事実だ」

　如月はオープン前のタイミングで、K市の商圏調査をしているときに、この施策のことを知った。実際、この施策のために、K市へ移住する年配者も多いと聞く。

「なるほど。そうなんですね。どうりで……。だけど高齢者を全国から受け入れるメリットっていったい何なのかな……」

瓜生が不思議そうに呟いた。

「たしかに……。過疎の町に若者を呼ぶのなら、人口増加や労働力の底上げに繋がるからわかるが、リタイアした老人を呼んでも、たいした労働力にもならないしメリットは思い浮かばないな」

青柳が不思議そうな顔をしながら瓜生の言葉に同意する。

「もしかしたら町のイメージアップのためかもしれないな。俺も色々調べたが、移住の条件が結構厳しいらしい。同居家族がいなかったり、どちらかが病気の老夫婦なんかを積極的に受け入れていると聞く。孤立している全国の老人たちに、K市が手を差し伸べている。そんなイメージを作り上げたいのかもな」

如月が意見した。

「それじゃあまったくの宣伝不足ですね。K市がそんなことしてるなんてまったく聞いたことないですよ」

瓜生が即座に反応する。

たしかにそのとおりだった。如月もK市のことを詳しく調べて偶然知った事実だった。もしもイメージアップ戦略だとしたら、もっと大々的に発信すべきだ。優遇施策の補塡《ほてん》を市が請け負っていれば、それは市民の税金から出ていることになる。誰にも知られていないこの状況では、孤独で病気がちな高齢者を選んで移住させるなどという活動は、まったく意味のないものに思えた。

「とにかく今、問題なのはその大量の老人たちを含め、K市の人間がこの店にはほとんど来ないことです。早急にこれを何とかしなければならない」

　青柳が軌道修正してくれた。如月が頷く。

「そのK市にいる大量の老人たちを囲い込んでいるのが轟家電ということだな。俺はこれまで新店オープンはずっと勝ち続けてきた。だが、この町は一筋縄ではいかないようだな。店舗運営部の調査部隊から轟家電が高齢者に特化した施策を打っているというのは聞いていた。だがそれを無視して、価格さえ勝っていれば問題ないと、正直ほとんど気にしていなかった」

「でも店舗運営部の奴らは結局、その轟家電の施策の内容について摑《つか》めてないんですよね？」

　青柳の言葉にはあきらかに棘《とげ》があった。店舗で働く人間たちは役職者を含めて、本社の人間たちをよく思っていない。現場のことを知らないくせに偉そうに意見するな、というありがちなイメージを皆が持っていた。

「そうだな。あいかわらず轟家電の施策については未《いま》だ解明せず、という報告が続いている。もう本社の人間を頼っていても仕方がない。店舗の力で……俺たちの力で何とかしなければならない。明日、申し訳ないが休みを取らせてくれ。俺が直接、轟家電を見てくる」

「え？　休みですか？」

青柳が驚いた様子で言った。

「応援がいなくなって、オープンセールも終わったんだ。店も副店長と係長がいれば回せる。俺がいなくても特に問題ないだろ？」

「いえいえ。そういう意味ではなくて、ひさしぶりの休みなのに、何も競合調査をしなくても、ということです。しっかりと休んでいただいた方が良いと思うのですが」

「こんな状況で休んでも落ち着かない。とにかく明日は一日、轟家電の競合調査に使わせてもらう。二人とも店は頼んだぞ」

如月の言葉に、青柳と瓜生は複雑な表情で頷いた。


翌日、如月は轟家電の開店時刻に間に合うように、車で家を出た。店舗運営部の調査部隊の話では開店直後から店内は老人たちがひしめき合っていると聞いていた。しかも平日、土日関係なくだというのだ。本当にそんなことがあるのだろうか。それを確かめるために、如月は開店直前の店の様子を見ておきたいと思っていた。

A市を出て、K市に入る。しばらく走ると自分の店であるR電器K店が見える。当然、まだ店は閉まっていて、駐車場に、車は一台もない。この町に異動してきてから如月は初めて店を通り過ぎ、K市のさらに中心部へと向かった。K市を縦断する幹線道路は渋滞することなく、車は快適に流れていた。

遠くに、天に聳《そび》えるかのような、太く長い煙突が見えた。そこから黒々とした煙が真っ青な空に吐き出されていた。

K市には巨大な焼却炉を擁する、産業廃棄物処理場があることを、如月は、事前にK市を調べたときに知っていた。おそらく、その焼却炉の煙突なのだろう。

車はK市の中心部へ、轟家電へと近づいてゆく。すると急に車が増えはじめて渋滞が起こった。ナビを見ると轟家電はもう目と鼻の先だった。開店時刻の十時までは、まだ十五分ほどあるが、この様子だともしかしたら間に合わないかもしれない。

なかなか進まない車の流れに、少しイライラしながら、ふと歩道を見ると、そこにも人の列ができていた。

そしてその列に並ぶ人々はすべて老人であることに如月は気づいた。多くの老人たちが列を成し、ゆっくりとした足取りでどこかへと向かっているのだ。

その目的地はすぐにわかった。車が少しずつ動き『轟』と一文字で書かれた看板が見えた。同時に四階建ての大きな建造物が目に入った。

老人たちは皆、轟家電へ向かっているのだ。この渋滞の原因もそうだった。渋滞の先には轟家電の店舗があり、車は皆、轟家電の駐車場へと吸い込まれていた。

如月が駐車場に入ると同時に店がオープンした様子だった。

エントランスは開店待ちの老人たちで溢れ、ドアが開くと同時に、我先にと店の中へと入ってゆく姿が見えた。店舗の一階部分はすべて屋根付きの、一般的にピロティと呼ばれる構造の駐車場になっていた。そこ以外にも何百台も車を駐められそうな青空駐車場があり、驚くべきことにそのほとんどが車で埋まっていた。如月は駐車場内をぐるぐると回り、店舗から一番離れた場所にようやく一台分の空きスペースを見つけて、車を駐めることができた。如月は信じられない思いだった。平日の、しかも開店直後なのだ。R電器でこんな光景を見るのは、初売りの初日や、新店のオープンでしか記憶がなかった。

如月は店舗の入り口へと向かった。轟家電の四階建ての店舗の壁面は青を基調としており、なぜか窓が一つもない。

巨大な窓のない建物に大勢の老人が次々と入ってゆく。如月は、その光景にひどく不穏なものを感じた。店舗に入ると、若い女性が三人も並んで、来店客に笑顔で挨拶をしていた。皆、制服を着ているから、轟家電の店員なのだろう。制服は店舗の壁面の色と同じ、青色だった。轟家電のイメージカラーなのかもしれない。

挨拶をする女性たちは皆、モデルのような体型をしている。笑顔も華やかで、擦《す》れた感じがまるでない。家電量販店には、老若男女、様々な客が来店する。こちらには接客の拒否権はないから、ときには理不尽な客の対応も強《し》いられる。その疲弊の色が、家電量販店のスタッフには必ず垣間見《かいまみ》える。だが入り口に並ぶ女性三人からは、そんな様子が、微塵《みじん》も感じられなかった。もしかしたら挨拶をさせるためだけに雇っている、外部の人間たちなのかもしれない。

一階はエントランスのみで、二階の売り場へはエスカレーターで上った。二階は白物と黒物の売り場になっていた。

「何だこれは……」

如月は目に飛び込んできた異様な売り場の光景に、思わず声を発した。

遠くの壁面が霞《かす》んで見えるほどの広大な売り場は、多くの客でごった返していた。そして驚くべきことに、大物商品を見ている客のほとんどに、青色のベストを着た轟家電の店員が対応していた。

店舗運営部の調査部隊の報告で、過度に店員がいることは把握していたが、正直、大袈裟《おおげさ》に言っていると思っていた。だが、その報告に嘘《うそ》偽りがないことを理解した。

一千坪の売り場に、少なくとも五十人は店員がいた。如月は広いメイン通路を歩き、テレビコーナーへと向かった。するとすぐに店員に声をかけられた。二十代と思われる若い男性の店員だった。

如月は適当に話を合わせて、客を装った。若い轟家電の店員は、接客の対応も悪くなく、商品知識も申し分なかった。ざっと接客を受けながらテレビの売価を確認したが、調査部隊の報告どおりだった。値引きはどこまでできるかを聞いてみたが、上長に確認するのか、少しその場を離れた。戻ってきたときに提示された価格は想定内のものだった。値引き後が、この金額だったら問題なく戦える。

その後も如月は売り場を回り、他の冷蔵庫や洗濯機などの主要商品の接客を受けたが、印象は最初に受けたテレビの接客と大差なかった。

正直、このくらいのレベルの接客であれば、R電器の社員は負けないと確信できた。轟家電に圧倒的に負けてしまう理由が見つからなかった。

だが気になることは多々あった。周りを見ると、接客を受けている大半の客は老人だった。

どこか轟家電の店員の、老人客に対しての、接客の距離が近いように感じた。

接客をする際には、適切な間合いというものがある。それは説明を求める客に対して、冷たくドライだと感じさせず、同時に、馴《な》れ馴《な》れしいと思わせることもない、ちょうど良い、適度な距離感を表す。

如月が接客を受けたときは、どの店員からも一定の距離感が保《たも》たれていた。もしかしたら彼らは、如月に対して、潜在的に感じるものがあったのかもしれない。

その距離感は、如月から見て、適切な距離よりも少し遠くに感じた。

しかし老人たちを接客する店員たちの距離はひどく近かった。まるで家族や恋人に寄り添うかのように、ピッタリと横に付いて話しているのだ。横に寄り添われ、店員と嬉《うれ》しそうに話している老人が多かった。まさか、皆、常連客なのだろうか――。

やはり轟家電は老人の客に対して何か特別なことを行っている。それは間違いなさそうだった。如月はこっそりと、仲良く話す店員と客の背後に回って聞き耳を立てようとしたが難しかった。店員と客の距離があまりにも近いために、老人に対してもそこまで大きな声で話しておらず、その内容まで聞こえてこないのだ。

それでも何とかバレないように近づき、聞き耳を立てることを如月は繰り返した。

ようやくそのうち、何度かは話の内容が理解できるものがあった。

それは――その日の天気の話や、老人の家族の話、政治の話題だった。不思議なことに、誰も、目の前の商品や、価格の話をしていないのだ。

一瞬、如月は目眩《めまい》を覚えた。

いったいここは何なのだろうか。本当に電器屋なのか――。

電器屋なのではなく、本当は電器屋を模《も》した巨大老人介護施設なのではないだろうか――。売り場に置いてある商品はすべてハリボテで、店員はすべてこの施設の介護職員なのだ。

孤独な老人たちに対し、自分たちは、社会と接点を持っているのだという、精神の安寧《あんねい》をもたらすためだけに存在する介護施設だ。もしもそうならばすべて説明がつく。だが、ここが本当に電器屋であるのなら、如月が理解できることは、今のところ、何一つなかった。

定まらない思考とおぼつかない足取りで、如月は三階へと向かった。三階はＰＣ関連機器の売り場になっていた。

三階の売り場を見た如月は、今度は声も出なかった。

売り場全体が夥《おびただ》しい数の老人客で埋め尽くされていた。二階の比ではない。

特にパソコン売り場がすごかった。パソコンの展示品が並ぶ複数の通路は多くの老人客と接客する店員でごった返していた。そんな状態でも老人たちは何が楽しいのか、皆、笑顔を見せていた。

客の数は二階の倍はいるように見えた。店員も二階と同じように、客と同じ数だけいると考えた場合、三階の売り場人員は百人を超えることとなる。四階にあるというパソコン教室のことはわからないが、二階と三階の店員の数を合わせると百五十人はいることになるのだ。

二つのフロアーの合計の売り場面積が二千坪。その二千坪に百五十人もの店員がいた。

おそらくR電器であれば、売り場人員は、その五分の一の三十人くらいに抑えようとするはずだ。如月は同じように、パソコンの接客を受けたが、印象は二階で受けたものと、特に違いはなかった。売価も別段、驚くものではない。如月は、また店員と客に近づき、聞き耳を立てたが、やはりどうでもいい世間話以外の会話は聞こえてこなかった。

如月は途方に暮れながらも四階へ向かった。四階ではフロアーすべてを使い、パソコン教室が運営されているという。この建物のワンフロアーは一千坪あるのだ。たかだか電器屋が運営するパソコン教室に、それほどの広さを必要とするはずがない。いったい、どんなパソコン教室なのだろうか――。またエスカレーターを使って、老人たちと一緒に四階へと向かう。だがエスカレーターで上ったところに、専用のゲートがあり、如月はそこで轟家電の店員に止められてしまった。ゲートを通るにはパソコン教室の会員証が必要とのことだった。

ゲートの向こうには大きなドアがあり、その先がどのようになっているのかは窺《うかが》い知れない。如月はあきらめて三階へと戻った。

時計を見ると昼の十二時を過ぎようとしていた。あいかわらず売り場は賑《にぎ》わっているが、先ほどとは違い、老人以外の客もぽつぽつと増えはじめている。

ふと見るとパソコンコーナーの前に、三十代くらいのスーツを着たサラリーマン風の男がいた。男は接客を受けたいのか、キョロキョロとあたりを見回しているが、店員は全員、老人たちと長話をしていて、空いている人間はいない。男は十分ほど店員を探しながらパソコンコーナーを歩いていたが、やはり店員は見つからず、あきらめて売り場を離れようとしていた。そのタイミングで一人の店員がようやく空いた。店員はすぐに男に声をかけて接客に入った。

優先順位がおかしいと思った。サラリーマン風の男はあきらかにパソコンを欲しがっていた。そのために店員を探していたのだ。その様子は老人たちの接客をしている店員も気づいているはずなのだ。世間話ばかりする老人の相手など、時間をかけずに早々に切り上げて、目の前の、商品を買おうとしている客を優先するべきだ。

だがどの店員も楽しそうに話す老人たちのペースに合わせて、ゆっくりと接客をしているようで、早く切り上げようとする様子など微塵も感じられなかった。

如月は二階へと下りた。そこで売り場を見渡してふと気づいたことがあった。

開店直後に見た店員の、接客していた客への対応が、この時間になってもまだ終わっていないのだ。如月は、開店してから一時間ほど、二階の売り場を歩き回っていた。だから何となく店員と客の組み合わせを覚えていたのだ。すでに開店してから二時間以上が経過していた。

轟家電は家電量販店の常識の真逆をいっていた。商品を買う様子のない老人の世間話に何時間も付き合い、商品を買おうとする客を蔑《ないがし》ろにするのだ。その売り上げを見込めない、客とも言えない客のために、二千坪の売り場に百五十人もの店員を用意している。この店員たちもまさか、ボランティアではないだろう。膨大な人件費が発生しているのは間違いない。本当にどこで利益を得ているのだろうか。どう考えても経営が成り立つわけがないのだ。だが、実際に轟家電は数十年間、営業を続けている。

如月はわけがわからず混乱していた。

結果として、轟家電が、この方法でK市の老人たちの多くを抱《かか》え込んでいるとしたら、対抗する方法など皆無に思えた。

商品の価格などではないのだ。老人たちの暇潰《ひまつぶ》しとなる、轟家電以上に居心地の良い空間を提供しなければ勝ち目はない。だがそんなことできるはずがない。商品を買うかどうかもわからない老人たちを引き込むためだけに、多くの店員を店に置くなど考えられない。R電器はボランティアではない。営利企業なのだ。

如月はおぼつかない足取りでエスカレーターに乗り、一階へと下りた。入り口の三人娘が屈託のない笑顔で如月に向かって礼をする。

如月は逃げるようにして轟家電を後にした。

それ以降も如月は、轟家電の競合調査を続けたが、やはりK店の客を増やすことはできなかった。結局、R電器K店は他の家電量販店と同じように、開店から半年を待たずに、K市から撤退することとなった。

4章 たった一つの嘘

時透稔《ときとうみのる》がK市に堕《お》ちることになったのは、たった一つの嘘がきっかけだった。

当時、時透は大学在学中に起業したスマホアプリの会社を倒産させてしまった直後だった。自分は会社を運営することに向いていない。そうあきらめた時透は一介のプログラマーとして、会社勤めをはじめていた。

だが経営者とサラリーマンでは状況が全然違う。上司から指示された業務を黙々とこなすだけの仕事に、時透はまったく慣れることができなかった。

少数で自由度の高いスタートアップ企業の経験しかない時透にとって、サラリーマン然とした社内の人々の雰囲気は苦痛でしかなかった。時透は同僚とも馴染《なじ》めず、社内で孤立し、日々の仕事も思うように進めることができなくなっていた。

できるだけ会社に残りたくない時透は、帰り道の、深夜まで営業しているコーヒーショップに寄って、その日に残した仕事を終わらせることが日課となっていた。

チェーン展開しているコーヒーショップではあるが、夜は比較的人が少なく、落ち着いた雰囲気のこの店を時透は気に入っていた。

その日も、いつものようにコーヒーショップでパソコンを開き、仕事をしていた。

「おい、時透だよな？」

不意に声をかけられた。反射的に顔を上げると目の前には長髪でスーツ姿の若い男が立っていた。

「鯖内《さばない》か……」

その逆三角形のカマキリみたいな顔を見て記憶の焦点がすぐに合致した。脳内に浮かんだ名前を声に出す。鯖内明宏《あきひろ》は大学時代の同級生だ。会うのは大学を卒業して以来、およそ五年ぶりだった。

「憶《おぼ》えていてくれて嬉しいねえ。そういえばおまえも会社やってたよな。どうよ調子は？」

鯖内は五年ぶりに会ったにもかかわらず、そう言うと馴れ馴れしく肩を組んできた。時透はこの男のこういうところが本当に嫌いだった。学生の頃とまったく変わっていない。

「順調だよ。最近、香港《ホンコン》の大手企業と契約して増資したばかりだ。来年は海外に進出する予定だ」

時透は咄嗟《とっさ》に嘘を吐《つ》いた。

「おお。そりゃあすごいねえ。でも俺も負けてないぜ。来月、渋谷《しぶや》に記念すべき十店舗目の店がオープンする予定」

大学在学中、時透とほぼ同時期に、鯖内はアパレルブランドを立ち上げていた。風の噂《うわさ》でそれが成功しているのは知っていた。

在学中はお互い起業家志望ということで、少なからず時透の方も鯖内に興味を持ってはいたが、最初のうちだけだった。自己顕示欲が強く、空気を読めないのか、読まないのかわからないが常に馴れ馴れしく接してくる鯖内とはまったく性格が合わなかったのだ。時透は学内ではできる限り鯖内を避けていた。だが同じ授業になるときなどに、教室の一番端《はし》の目立たない席に座っていても、鯖内は時透を目ざとく見つけて擦り寄ってきた。やはりそのときも時透の話などほとんど聞かずに、まだ存在してもない会社の理想の経営論を声高に叫び、如何に自分が他者よりも優れているかという話を延々と続けるのだった。だから時透は鯖内と話すことに辟易《へきえき》していた。

大学を卒業するときに、これでもう二度と会うことはないと喜んでいたのに。まさかこんなところで会うとは――。

この男だけには自分の会社が倒産したなどと、口が裂けても言いたくはなかった。

「渋谷に十店舗目。それはすごいな。おめでとう」

一応、お祝いの言葉を言う。どうしても感情が乗らず自分でも棒読みになっているのがわかる。まずいなとは思ったが、あきらめの思いが先を行く。

「おお。おかげで大忙しだよ。今日もこの時間まで取引先に、秘書と一緒に挨拶回りだ。普段、スーツなんか着ないから苦しくてしゃあないわ」

すると秘書という言葉に反応してか、鯖内の背後から女性が姿を現した。

「初めまして。鯖内の秘書をしている瀬戸内《せとうち》ゆみと申します。社長のご友人ですか？」

小柄《こがら》な若い女性だった。長身の鯖内の背後にいたせいか、まったく気づかなかった。

「そうそう。俺の大学のときのダチ。時透稔。ミノルちゃん。こいつも会社やってんだ。俺ほどじゃないけど、そこそこ成功してるみてえよ」

瀬戸内の質問になぜか鯖内が答えた。

「ちょっと社長、私が時透さんに質問してるんですけどお」

瀬戸内ゆみはそう言って鯖内を睨《にら》みつける。若干、上目遣《うわめづか》いで、それが本気で睨んでいるわけでないことはあきらかだった。

瀬戸内も鯖内同様スーツ姿だった。細身で、髪は肩の上くらいまでの長さで短く、アパレル業界にいる人間には珍しいのではないだろうか、髪の色は真っ黒だった。反対に肌の色がまるで陶器のように白い。スーツと髪の毛の黒色とのコントラストで、いっそうその白い肌が際立って見えた。

「時透さんも会社を経営されているんですね。どういった業種なんですか？」

瀬戸内は大きく目を見開き、興味津々といった様子で聞いてきた。

「は、はい……ＩＴ関係の会社です。スマホ用のアプリを作って、それを運営しています」

時透はさらに嘘を重ねた。罪悪感が湧《わ》き上がる。だがこの流れで今さら本当のことなど言えるはずがない。

「すごいですねえ。実は私、アパレルブランドの会社よりもＩＴ業界の方が断然興味があるんです。時透さん、色々、業界のこと知りたいので教えていただけませんか？」

瀬戸内の表情は真剣なように見えた。想定外の質問に時透は答えに窮した。

一瞬、不自然な間ができる。

「ゆみ、おまえマジか⁉　普通、それ自分の会社の社長の前で言う⁉」

鯖内が、その不自然な間を吹き飛ばすかのように大声をあげた。

「私の質問を邪魔した仕返しですよお」

そう鯖内に返した瀬戸内の表情はすぐに笑顔に変わった。

「知りたいことがあるなら、俺はいつでもＯＫですよ。この時間はほぼ毎日ここにいるので」

この二人のやりとりを聞いていると、おそらく冗談なのだろう。それでも時透は話を合わせて、瀬戸内にそう言った。

「ええ！　本当ですか⁉」

瀬戸内は大袈裟に、はしゃいで嬉しそうに言う。

「おいおい、時透やめとけ、こいつ本気で聞きに来るぞ……」

鯖内は呆《あき》れ口調で言った。

「俺は全然構わないよ。瀬戸内さんが優秀な人材だったらウチの会社に引き抜けるかもしれないからな」

時透はそう言うとノートパソコンを閉じて立ち上がった。

「すまない。明日、朝、早いんだ。今日はもうそろそろ帰るよ。鯖内、ひさしぶりに会えて嬉しかったよ。それじゃあな」

心にもない言葉だが、数年ぶりに会った知り合いへの一応の礼儀だった。

それに対して鯖内は何か言っていたようだが、手をあげて、背中で聞き流した。時透はそのまま足早にコーヒーショップを出た。


翌日も時透は会社が終わるとコーヒーショップへと向かった。店に着くと、レギュラーコーヒーを注文して、定位置の窓際の席へと座る。

ここに来るとまた鯖内と顔を合わせてしまうかもしれないと不安を覚えたが、あんな奴のためにここに来られなくなるのは、逃げているようで癪《しゃく》にさわる。意地でもここへ来てやろうと決めていた。

時透はノートパソコンを起動させて仕事をはじめるが、昨日のことがあったせいかどうにも集中力が続かない。今日はあきらめて早めに切り上げるか、と考えていたそのとき背後から声をかけられた。

「あのう……時透さんですよね……」

名前を呼ばれて振り向く。そこには若い女性が立っていた。

「あ、あなたは……昨日の……鯖内の会社の秘書の方ですよね……」

服装もまるで違い、最初、誰だかわからなかったが、黒髪とそれと対比させるような真っ白な肌を見て思い出すことができた。

「は、はい。昨日お会いした鯖内の秘書の瀬戸内ゆみです。よかったあ。憶えていてくれたんですね。本当に来ちゃいました……」

そこには少しはにかみながら笑顔を向ける瀬戸内ゆみの姿があった。昨日のフォーマルないでたちとは違い、今日は淡いピンク色のフリルの付いたワンピースを着ていた。ガーリーファッションというのだろうか。

時透は正直、困惑していた。昨日のゆみの言葉は、あくまでも社長の友人である時透へのリップサービスで、本当に現れるとはまるで考えていなかったからだ。

「びっくりしました。正直、本当に来られるとは思っていなかったので……」

動揺を悟られないように、何とか心を落ち着かせて言葉を返した。

「もしかしてご迷惑でした……？」

ゆみは、心底、申し訳なさそうに言う。

「いえいえ！　全然そんなことありませんよ！　ただちょっと驚いたものですから……」

時透は大きく手を振って必死に否定した。

「あのう……ここ座っていいですか？」

ゆみは心底、安堵《あんど》している様子だった。笑うと両頰《りょうほお》に小さなエクボができた。

「ああ……どうぞどうぞ」

時透が即座にそう答えると、ゆみはペコリと頭を下げて礼を言い、時透の向かい側の席に座った。同時にウエイトレスが近づいてくる。ゆみはアイスコーヒーを注文した。

「今日はお仕事だったんですか？」

時透はどこか気まずい空気を押し隠すかのように、ウエイトレスがいなくなるとすぐさま話しはじめた。

「はい。仕事です。昨日は社長と外回りだったのでスーツでしたが、アパレルの会社なので、普段はこんな感じの格好で仕事をしています」

ゆみはなぜだか少し恥ずかしそうに言うのだった。

「僕も基本はプログラマーなので、仕事はほとんど私服ですよ。瀬戸内さんは鯖内の秘書をされてるんですよね？　秘書ってどんな仕事ですか？」

時透はかつての社長時代も秘書など雇ったことがなかった。正直、スタートアップの会社に秘書を雇う余裕などない。単純に興味があって聞いてみただけだった。

「時透さんは、秘書は雇っていないんですか？」

ゆみは質問に質問で返してきた。時透はどきりとした。

「ええ……。僕には秘書はいません。だいたい自分の身の回りのことは自分でできますし、スケジュールも自分で把握しときたいタイプなので……」

ゆみは時透の答えに疑う様子もなく素直に頷いた。まずい。昨日は鯖内がいた手前、嘘をついてしまったことを思い出した。ゆみにとって今の自分は新進気鋭の会社を経営する社長なのだ。きちんと考えて会話をしなければ嘘が露呈《ろてい》してしまう。

「そうですか……。私は秘書といっても特に何もしていません。社長にお茶を出したり、コピー取ったり、昨日のように外回りをする社長に付いていったり……仕事はそれくらいです……」

ゆみは言いながら、徐々に声が小さくなり、最後は俯《うつむ》いてしまった。

「そうですか……。瀬戸内さんは鯖内の会社に新卒で入ったんですか？」

「はい。三年前に新卒で入社しました。研修が終わってすぐに社長の秘書になりました。それから三年間ずっと秘書の仕事だけをやってきました」

ゆみは傍《はた》から見ても若く魅力的な女性だった。たぶん鯖内はそんなゆみを自分の近くに置いておきたかったのだろう。だから入社したばかりのゆみを自分の秘書としたのだ。

「ＩＴの仕事に興味があると仰ってましたよね？」

「はい。私、実はこう見えて昔からパソコンが好きなんです。学生の頃は自分でパソコンを組み立てたりもしてました。だからＩＴ業界で働きたいなあっていうのはずっと頭の中にあったんです」

あきらかにゆみの表情が明るくなった。だがその内容は意外だった。どうにも時透には、ゆみが自作のパソコンを組み立てている姿を想像できなかったからだ。

「何となく受けた今の会社に採用されてしまって。そこからずっと秘書の仕事をやっています。だけどいつも思うんです。この仕事は私じゃなくてもいいはずだって。誰でもできる仕事だって。私は私にしかできない仕事をやりたい。そう強く思うようになりました。でも不安もあって……パソコンが好きで興味はあるのですが、時透さんのように技術を持っているわけじゃないから、本当に働けるのかなって不安なんです」

ゆみは大きな目を見開き、まるで時透に訴えかけるように言うのだった。

「僕でよければ力になりますよ。技術的なことも少しは教えられると思いますし」

時透は気づくとそう答えていた。

「本当ですか⁉　ありがとうございます！　会社の社長をされている方に直接教えていただけるだなんて、こんな贅沢《ぜいたく》なことはありません！」

ゆみは大袈裟なほどに喜んでいた。心が痛んだ。もしも今、ここで本当のことを話したらどうなるだろうか。時透は、ゆみの満面の笑みを前にして、今さら、真実を話すことなど考えられなくなっていた。

次の日からゆみは決まった時間に毎日コーヒーショップに現れるようになった。

最初は正直、鯖内の秘書だと警戒していた。鯖内のことだから魅力的なゆみを時透に近づけて陥れようとしている。そんなことも真剣に考えていた。

だが毎日、決まった時間にコーヒーショップへ現れるゆみは、手書き用のノートとノートパソコンを準備し、真剣に時透に対して質問を繰り返した。

ＩＴ業界のことや時透の立ち上げたスタートアップ企業のこと、プログラミングを学ぶために必要なことなど、その質問は多岐にわたった。

時透は襤褸《ぼろ》が出ないように慎重に答えた。それでもゆみが思いのほか、真剣だったため、適当に答えることはせず、できる限り丁寧に話した。

質問をある程度終えると、ゆみは時透が答えた情報をもとに調べ物や復習をしているようで、一言も話さず、ときおり、手書きのノートを見返しながらパソコンのモニターを真剣な表情で見ているのだった。

時透が仕事を終わらせてコーヒーショップを出ようとすると、ゆみは、私はもう少しだけやっていきますと言い、そのまま店に残ることも少なくなかった。

時透は店を出るときにゆみの方を一度振り返る。そこには真剣にパソコンと向き合うゆみの小さな背中が見えた。

そういったゆみを見て、時透はゆみがここへ来るのは鯖内の差し金などではなく、すべてが本気なのではないかと思いはじめていた。

ある日、コーヒーショップに姿を現したゆみはいつもより元気がないように見えた。あきらかに顔色が悪く、表情も暗い。どこかぼんやりとしている様子だった。

「瀬戸内さん、大丈夫ですか？　何だか体調悪そうに見えるけど？」

時透は心配になり声をかけた。

「大丈夫です……。昨日は遅くまでお店にいたので……ちょっと寝不足なだけです」

そう言ってゆみは時透に力なく笑顔を向けた。

「遅くまでって、何時までいたんですか？」

「えーと……お店が閉まる直前までいました」

この店の閉店時間は深夜三時のはずだ。

「そんな遅い時間まで……瀬戸内さんは、何でそこまで頑張るのですか？　ＩＴ業界やプログラミングのことを学びたいっていう気持ちはわかるけど、寝不足になるくらい自分を追い込む必要はないと思いますよ」

ゆみは、昼間は鯖内の秘書をしているのだ。ほとんど仕事らしい仕事はしていないと言っていたが、あの鯖内なのだ。一緒にいるだけで相当なストレスがあるに違いない。

「もしかしてここに来るのは迷惑でしたか……」

ゆみはひどく不安そうな表情を見せた。

「いやいや、そういう意味じゃないです。無理をして倒れでもしたらせっかくの頑張りが無駄になると思いまして……」

「時透さんは優しいですね。私は運がいいです。偶然、時透さんという素晴らしい実業家の方に出会えて、色々と親切に教えていただいて。本当にありがたいです。こんなチャンス二度とないと思って頑張りすぎちゃいました……」

ゆみは薄く笑い、そして小さくため息をついた。その表情にはどこか翳《かげ》りが見えた。

「僕と業界は違うけど鯖内も実業家ですよね？　秘書だったら彼から学べることもあると思うのですが」

なぜゆみがこれほどまでに自分のことを頼ってくれるのかが時透にはわからなかった。

性格に難があるかもしれないが、鯖内の方は自分と違って現役の実業家なのだ。近くにいれば学べることも色々とあるはずだ。

「前にも話しましたが、社長は私には仕事を与えてくれません。最初はそれでも自分で仕事を探して色々やっていたのですが、そうすると社長に怒られるんです」

「怒られる？」

「はい。おまえみたいな女は余計なことをしなくていい。どうせ大したことできないんだから、ただ黙って俺の言うことを聞くのが一番いいって。何もしなくても給料がもらえるんだから最高だろう。そう言われ続けました」

鯖内のことを知らなければ、彼女の思い込みではないだろうか、と疑っていたに違いない。だがあの男なら十分に考えられる。

「最初はそんなことないって反発していましたが、ずっと社長に言われ続けていたら本当に自分は何もできない人間なんだって思うようになりました。それならこの環境でずっといた方が社長の言うとおり幸せかもしれない。いつしかそう考えるようになったんです……」

ゆみの端整な顔が苦しげに歪む。ゆみは鯖内と一緒にいることでずっと辛《つら》い思いをしてきたに違いない。

「自分ではもうあきらめていたはずでした。だけど心の奥底ではずっと迷いの中にいたと思います。そんなとき私は時透さんにお会いしました。ご本人を目の前にしてこんなことを言うのは恥ずかしいのですが……初めてお会いしたときに直感的な何かを時透さんに感じました。この人ならもしかしたら私をこの場所から救い出してくれるかもしれないって……。この場を逃したら二度とこんな機会は訪れないと思った私は、鯖内社長の前なのに、あんなお願いを時透さんにしてしまったのです。あの後、特に何も言われませんでしたが、鯖内社長は相当びっくりしていたと思います」

ゆみは時透の顔を真正面から見つめていた。時透を見つめるゆみの大きなその二つの瞳《ひとみ》は潤《うる》んでいるように見えた。

このときようやく時透は理解した。ゆみは自分に助けを求めているのだ。

「瀬戸内さん、安心してください。僕はあなたの味方です。あなたが必要とするなら、僕はいつでもここにいてどんなときでも力になります。だからゆっくりやりましょう。そんなに根をつめる必要はありません」

初めは鯖内の差し金だと疑い、ゆみに猜疑心《さいぎしん》を抱いていた。だがその猜疑心は、彼女のひたむきな姿勢を見るうちに消え失せ、応援したいという気持ちに変わった。

ゆみは自分を必要としてくれている。その想いが何よりも時透は嬉しかった。

時透は孤独だった。会社を倒産させ、働きたくもない会社で仕事をしている時透を必要としてくれる人間など一人もいなかった。会社が順調だったときは、自分のことを、誰もが必要としているものだと信じていた。だが、業績が悪くなった途端、彼らはあなたなど最初から必要なかったというような顔をして、急に手のひらを返し、去っていった。

行きたくもない会社に通い、残った仕事をコーヒーショップで終わらせてから部屋へ帰るだけの毎日。ただ辛く苦しいだけの日々だった。

だが、ゆみと出会ってからは、ゆみにコーヒーショップで会えることが喜びに変わっていった。会社での辛い仕事も、この後、ゆみに会えるのだと思うと、それほど辛くなくなっていた。

ゆみは自分を必要としてくれている。時透も同じようにゆみを必要としていた。それはもはや鯖内から逃れるために懸命に努力するゆみを応援したいという同情心などではなく、はっきりとした恋心であることを時透は理解していた。

数日後、時透はゆみを食事に誘った。

誘うときは緊張したが、ゆみはとても喜んでくれたようでホッとした。

会社が倒産して金などほとんどなかったが、何とかやりくりして高級レストランを予約した。ゆみにとって時透は、海外進出も秒読みの新進気鋭のＩＴ企業の社長ということになっているのだ。そこらへんの大衆居酒屋に誘うわけにはいかない。

時透はレストランで、自分と付き合ってほしい、と告白した。

ゆみは恥じらいながらも、嬉しそうに頷いてくれた。

時透は天にも昇る心地だった。

だがその日ゆみと別れ、家賃五万円のワンルームのアパートに戻ってきて、時透はふと我に返った。

俺ははたしてこのままゆみに嘘を貫《つらぬ》き通せるのだろうか――。

付き合ったとなれば、この小汚いアパートにもゆみは来たいと言い出すだろう。ゆみはこんなところに俺が住んでいるとは思ってもいない。

不安が重くのしかかる。

今からでも本当のことを話すべきじゃないだろうか。正直に話せば、もしかしたらゆみは本当の自分を理解し、受け入れてくれるかもしれない。

いや――ゆみは俺が社長であると思っていたからこそ、あれほど真剣に相談してくれて、この機会を逃してはならない、と深夜遅くまでコーヒーショップで頑張っていたのだ。

それがすべて嘘だったとわかれば、ゆみは落胆し、俺の人間性を疑い、別れを切り出されるのは間違いないように思えた。

だが、ゆみは今の自分にとって生きるうえでの唯一の希望なのだ。

どれほど嘘を重ねてでも、ゆみを手放したくはなかった。

それからのゆみは、時透と付き合うことで、焦ることはないと安心したのか、コーヒーショップで一人残ってまで勉強するということはなくなった。

時透と一緒に店を出て、二人の時間を増やしてくれるようになった。

それは嬉しかったのだが、やはり加速度的に嘘をつく数が増えた。

時透は付き合う前に、乗っている車を聞かれて、ポルシェと答えていた。たしかに会社があった頃はポルシェに乗っていたが、会社が潰《つぶ》れてすぐに売り払った。だから時透は車を持っていなかった。

あるときゆみにポルシェに乗ってドライブがしたい、と言われた。

なぜポルシェに乗っているなどと言ってしまったのか、とひどく後悔したが後の祭りだった。時透はネットで高級車のレンタカー屋を必死に探し、デートの日までに何とかポルシェを用意した。ゆみは喜んでくれたが時透には痛い出費だった。レンタル料は半日で五万円かかった。ドライブのあとはいつものように高級レストランで食事を摂《と》り、そのあと自分の家にゆみを連れていきたいところだったが、あんな上京したての貧乏大学生が住んでいそうな部屋に行けるはずがない。

ゆみにはホテルの部屋で暮らしているとまた嘘をついた。仕事の都合上、そっちの方がいいんだと説明すると、納得したように頷いていた。

時透は都心の夜景が見渡せるホテルの最上階に部屋を取り、そこにゆみを連れていった。ゆみは高級ワインを飲み、夜景を見ながらはしゃいでいたが、時透は震えていた。

嘘を積み重ねるという罪悪感もそうだが、今は一介のサラリーマンでしかない時透が、こんな金のかかる生活を続けられるわけがないのだ。

だがゆみの笑顔を前にして楽しい時間を過ごし、そしてゆみを抱くとそんなことはどうでもよくなるのだった。時透は、ゆみの若く美しい肢体を貪《むさぼ》りながら、やはり金など関係ない。どんなことをしてでも金は作る。ゆみは俺の唯一の希望なのだ。ゆみだけは絶対に手放したくない。そう強く思うのだった。

5章 六村金融

とにかく金が必要だった。

ゆみと付き合っていると金は湯水のように使われ、なくなった。

時透のそのときのサラリーマンとしての給料は手取りで二十五万円ほどだった。

ゆみと一緒にいればこのくらいの金額は下手したら一日で消費してしまう。

時透の給料など何の足しにもならなかった。

毎日、どうしたら金が作れるか、時透はそればかりを考えていた。

時透は会社からの帰り、道すがらにある大型のパチンコ店の前で足を止めた。パチンコ店の前で足を止めたことなど、これまでの人生で一度もなかった。

時透はそのまま吸い込まれるようにパチンコ店に入った。爆音が鳴り響く店内。そこは時透にとって非日常であり、異世界であった。生まれて初めてパチンコ店に入った時透は、店員に玉の買い方を教えてもらい、五千円分買った。そして恐る恐る空いている台の前に座った。

　その日は平日のせいか店はすいていた。時透はその店で深夜まで玉を打った。十万円分、勝った。完全なるビギナーズラックだと思ったが、時透は興奮した。五千円がたった数時間で二十倍の十万円になったのだ。

　時透は短時間で金を作るにはこれしかないと思った。

　今の仕事をどんなに頑張っても、急に給料が五倍や十倍になることは絶対にありえない。だがギャンブルであれば、初心者の自分でもうまくやれば大きな金を得ることができる。

　それから時透は時間があれば、パチンコ店に通うようになった。さらに競馬、競輪、競艇など他のギャンブルにも手を出しはじめた。とにかくゆみを繋ぎとめるには金が必要なのだ。会社も休むようになり、今まで一度もやったことのない麻雀《マージャン》のルールを覚えて、雀荘にも出入りするようになった。給料が出ると、すぐにそれをギャンブルに注《つ》ぎ込《こ》んだ。だがあっという間に消えた。

　ギャンブルの軍資金とゆみとのデートにかかる金を得るために、消費者金融数社から時透は少なくない金を借りた。危機感はなかった。勝てば返せるし、負けが続いても次は勝てるはず、とまるで根拠のない自信が頭を支配していた。勝つこともあったが、あきらかに負けることの方が多い。借金はどんどん膨《ふく》れ上がり、どの消費者金融業者からも借り入れができなくなってしまっていた。

この時点で時透の借金の総額は七百万円に達しようとしていた。こんな状態になっても時透はギャンブルの沼から抜け出そうとはしなかった。それどころか、さらに沼の奥の方に歩みを進めようとしていた。ドロドロとした沼の水に時透は腰まで浸《つ》かっていた。あとはズブズブと沈み込むのを待つだけだった。

時透は金を求めて街の中を彷徨《さまよ》い続けた。

以前はゆみと毎日会っていたが、このときはもう週に一度しか会えなくなっていた。

時透は毎日でもゆみと会いたかった。だがもう偽りの社長を演じるために必要な金がないのだ。さらに嘘を重ねることも辛くなっていた。

ゆみは会いたいと言ってくれたが、仕事が忙しいと嘘をつき、その時間で必死に金策をしていた。

そこで時透が最終的にたどり着いたのは、通常では考えられないほどの暴利を貪る、闇金融と呼ばれる、裏の金融業者だった。

その闇金業者は街の中心部から少し外れた場所に立つ、雑居ビルの四階に事務所を構えていた。大手の消費者金融会社のようにビルの外側に目印となるような派手な看板など出してはいない。

ビルの入り口のプレートに４Ｆ『六村《ろくむら》金融』と案内があり、存在を示すのはそれだけだった。

四階にはいくつか部屋があったが、ほとんどが空き家でテナント募集の貼り紙があった。廊下を何度か曲がり、一番奥の、突き当たりに六村金融の事務所が見えた。

ドアには質素なパネルがあり、そこに『六村金融』の文字があった。入り口は自動ドアでも磨《す》りガラスの引き戸でもなく、アパートの一室のように丸いノブのついた普通のドアだった。

呼び鈴などはなかった。

そのあきらかに不穏な雰囲気に、時透は一瞬、躊躇《ちゅうちょ》したが、決心してドアノブを回した。もう時透に金を貸してくれるところなど他にないのだ。ここまで来て、引き返すことなどできるはずがない。

ドアは開いた。目の前に簡素なデスクがある。おそらく受付のつもりなのだろう。その上に、銀色のベルが置かれている。

時透はベルを鳴らした。チン、と音が鳴った。そのまましばらく待ったが、人が現れる気配は感じられなかった。

時透はもう一度、ベルを鳴らした。今度は二度鳴らす。するとようやく、部屋の奥の方から物音がした。受付から向こう側はパーティションで仕切られていて見通すことはできなかった。

「誰？」

男が現れた。あきらかに不機嫌な表情を見せて、警戒心を露《あら》わにしている。スーツを着てはいるが、髪は短く刈り込まれ、肌が浅黒い。目つきは異常に鋭く、ひと目見て、普通のサラリーマンとはまるで違う人種であることが明らかだった。

「あ……あのう……先日、電話で問い合わせをさせていただいた時透といいます」

時透は恐る恐る、そう伝えた。

「時透？　ああ……お客か……」

無愛想《ぶあいそう》に男はそう言うと、顎《あご》で部屋の奥の方を指し示した。パーティションの奥に簡素な机と椅子が並べられて、一応、事務所の体を成していた。だが男の他には誰もいなかった。

部屋の一番奥に、見るからに頑丈そうなダイヤル式の金庫が置かれていた。

「そこに座って」

示された部屋の隅には横長の一対のソファと、ローテーブルが置かれていた。ここが一応の応接コーナーなのだろう。時透は男に言われたとおり、ソファに座った。

男も対面のソファに座る。男は何も言わず、時透に鋭い眼光を向けて、値踏みするかのように見ていた。

男はテーブルに置いてあったタバコを一本手に取り、火をつけた。そのままソファにふんぞり返って、タバコを吸った。そして視線を時透に向けたまま、煙を吐き出す。

「んで？　いくら欲しいの？」

男は単刀直入に聞いてきた。

「は、はい……百万円ほどお貸しいただければ……ありがたいです……」

時透は当初、考えていた希望額を言った。男の風貌《ふうぼう》を見て、金額を引き下げるかどうか、ギリギリまで迷っていた。だが時透も崖《がけ》っぷちなのだ。ここまで来て引き下がるわけにはいかなかった。

「百万か……あんた……時透さんって言ったなあ。ここに来るってことは大手の消費者金融からは借りられなくなったんだろ？　いくらつまんだんだ？」

「は、はい……全部で七百万ほど……」

時透は正直に伝えた。ここで嘘をついても仕方がない。債務者の情報は闇金も含めて、複数の消費者金融業者に共有されているのだ。

「七百万！　てめえ舐めてんのかコラ⁉　大手の街金でそんだけ借りて返せねえのに、ウチから百万も借りて返せるわけねえだろ！」

男の怒鳴《どな》り声が部屋中に響いた。男の剣幕は凄《すさ》まじく、今まさに時透に殴りかかりそうなほどの勢いだった。

時透は恐怖で身がすくみ、言葉を返すことができなかった。

時透も闇金の恐ろしさは知っていたつもりだった。それでも覚悟が足りなかったのかもしれない。

「時透さん、あんたウチの利息は十日で一割だって知ってるのか？　百万借りたら十日後には百十万の返済になる。一ヵ月後になると百三十万だ。すでに七百万も借金のあるあんたが、どうやって返済するつもりだ」

男は吐き捨てるように言った。

「今週末に堅いレースがあるんです……それが当たれば間違いなく返せます」

時透は借りた百万を競馬の軍資金にしようとしていた。情報屋からの筋で、予想オッズ三倍だが、非常に堅いレースがあり、それに照準を定めていた。それが当たれば賭《か》けた百万は三倍の三百万になる。トイチの金利が乗っかったとしても十分にお釣りがくる。

「ギャンブル狂いのバカか……。そんなもん当たるわけねえだろ！　だからてめえは借金が膨れ上がってここに来てるんだろうが！」

時透の鼻と、男の鼻が接触せんばかりに近づき、男は、恐ろしい眼光で睨《ね》めつけてきた。

時透はあまりの恐怖に、今すぐこの場から逃げ去りたい思いに駆られたが、どうにか思いとどまった。ここを出ても、もう時透に行き場はないのだ。それに次のレースには絶対の自信があった。

「ダメだ。帰れ。てめえみてえなギャンブル狂に百万も貸せるわけねえだろ。おまえ、そもそも仕事してんのかよ？」

男はもはや呆れ果てた、という口調で聞いてきた。

「は、はい。一応、仕事はしてます」

時透は恐る恐るという調子で答えた。

「何の仕事だよ？」

男はまたソファにふんぞり返っていた。天井を見つめながらタバコの煙を吐き出している。

「プログラマーです」

時透がそう答えると、男は驚くような勢いでタバコを灰皿で揉《も》み消し、時透の顔を見た。

「プログラマー……てことはあんたパソコンに詳しいのか？」

「はい……そういう仕事なので……それなりには詳しいと思いますが……」

「そうか。あんたここでちょっと待ってろ！」

そう言うと男は不意に立ち上がり、部屋の奥へと消えた。

部屋の奥にはさらにドアがあり、その向こう側に消えた男は、誰かと電話をしている気配があった。

いったいどうしたというのだろうか。職業を伝えた途端、男の態度があきらかに変わった。

しばらくすると男が奥の部屋から出てきた。だがこちらへはすぐには戻ってこずに、あの頑丈そうな金庫の前で何やらやっている。男は金庫を開けているようだった。また少ししてようやく時透のもとへと戻ってきた。男の手には裸の札束が握られていた。男はそれを時透の目の前に置いた。

「百万ある。さっき言ったとおり利子は十日で一割だ。返済期限は一ヵ月。百三十万、必ず耳を揃えて返せ」

男はそう言うのだった。時透はいったい何が起こったのかを理解できないでいた。

とにかく男は百万を時透に貸してくれるらしい。

「ありがとうございます！　期限までに必ずお返しいたします！」

時透は大声で感謝の意を表し、目の前の札束を手に取ろうとした。その寸前で、時透は男に腕を摑まれた。

「待てよ。免許証出せ。それと借用書もきっちり書いてもらう。渡すのはそれからだ」

男の、時透の腕を摑む力が強くなる。時透は痛みで悲鳴をあげそうになった。

「す、すみません……今、すぐに……」

時透は財布から免許証を取り出し、男に差し出した。

「スマホで撮る。テーブルに置け」

言われたとおり、免許証をテーブルの上に置いた。男はすかさず時透の免許証をスマホで撮った。カシャとシャッター音が鳴る。その後、借用書にサインをした。そしてようやく百万円を手にすることができた。

その瞬間、男に胸ぐらを掴まれた。

また顔がぶつかりそうなほどの至近距離で凄《すご》まれた。

「いいかてめえ。必ず返せよ。もし一日でも遅れたらおまえをとことんまで追い込むからな。六村金融の追い込みはそこいらの街金とは全然レベルが違うからな。おまえのためを思って言ってるんだぞ。絶対に返済は遅れるな。いいな」

「わ……わかりました……必ずお返しします」

時透は、首を痙攣《けいれん》させるかのように何度も繰り返し頷いた。

「じゃあ、さっさとここからいなくなれ。これだけ渡しとく」

男はスーツの内側に手を入れて、何かを取り出し、それを無造作に投げた。それはひらりと空中を舞い、テーブルの上に落ちた。一枚の名刺だった。時透はそれを拾い上げる。

名刺には『六村金融　代表　六村豪徳《ろくむらごうとく》』と書いてあった。

時透はそのまま逃げるように『六村金融』の事務所を後にした。


一ヵ月後、時透は六村豪徳に監禁されていた。

部屋は薄暗く、隅に段ボール箱が数個、雑然と積まれているだけで他には何もなかった。

「ず、ずびばぜん……も、もうかんべんじでぐだざい……」

時透は血まみれだった。何度も殴られ視界がおぼつかない。鼻からは大量の血が床に滴《したた》り落ちていた。

「時透……言ったよなあ……とことんまで追い込むって……てめえの謝罪なんかいらねえんだよ！　金返せコラ！」

時透は裸に剝《む》かれて正座をさせられていた。六村の爪先《つまさき》が時透の鳩尾《みぞおち》に食い込んだ。

「ぐ……ごが……がが……」

時透は呼吸のできない苦しさと激痛に、酸っぱい胃液を撒《ま》き散《ち》らしながら、まるで芋虫のように床をのたうちまわった。

「汚《きた》ねえなあ！　床、汚してんじゃねえ！」

今度は顔を蹴《け》られた。途端、視界が大きく揺らいだ。

「おい！　雑巾《ぞうきん》持って……」

六村が誰かに指示を出している声がおぼろげに聞こえた。

気がつくと目の前に雑巾があった。一瞬、時透は気を失っていたようだった。

「さっさと起きてテメエの汚ねえ血と胃液を拭《ふ》け」

六村の冷徹な声音が頭上から降り注ぐ。

借りた百万円は競馬で一瞬にして溶けた。絶対の自信を持っていたレースが外れたのだ。

情報屋の予想はかすりもしなかった。文句の一つも言ってやろうとしたが、連絡が取れなくなっていた。競馬場のいつもいた場所からは姿を消し、電話は何度かけても不通だった。

もう数日後に六村金融への返済の期限が迫っていた。だが、すでに七百万円の借金のある時透が百三十万円もの金を用意できるはずがないのだ。

そして返済期限の日が、あっという間にやってきた。

何とか知り合いのツテで時透は金を掻《か》き集めたが、十万円にも届かなかった。これでは利息分にもならない。

この状況で、あのヤクザのような六村のもとへ、おめおめと姿を見せられるはずがない。

その日、携帯は何度も鳴ったが、すべて無視した。

少しでも気持ちを落ち着かせようといつものコーヒーショップに入り、なけなしの金でコーヒーを頼んだ。憂鬱《ゆううつ》な気持ちでコーヒーを啜《すす》っていると、店内に見たくもない顔が入ってきたことに気づいた。

鯖内だった。その後ろにはゆみの姿があった。

この一ヵ月間、金策に必死だった時透は、ゆみとは一度も会っていなかった。

鯖内とはもちろん、今はゆみとも会いたくなかった。

だが鯖内とすぐに視線が合ってしまった。まるで最初から時透がこの席にいることを知っていたかのような早さだった。

鯖内はこちらに向かって手をあげて、嬉しそうに近づいてくる。時透はカマキリにロックオンされたバッタの気分だった。

「これはこれは時透社長、お疲れ様です！　お元気ですか？」

この男は何がそんなに楽しいのだろうか。

人を小馬鹿にするような笑顔をずっとそのカマキリ顔に張りつけている。反対に鯖内の後ろに立っているゆみは、無表情のままだった。時透と目も合わせようとしない。様子がおかしいのはすぐにわかった。

「まあ。それなりだよ」

時透は適当に言葉を返す。

「本当ですかあ？　何か全然元気がないように見えるけど。それよりも冷たいじゃないですか？　ウチの大切な秘書と付き合っといて、一ヵ月も放置だなんてぇ」

鯖内にそう言われて、時透は反射的にゆみの顔を見た。

付き合いはじめたときに、鯖内にこのことを知られると面倒なことになりそうだから、内緒にしといてくれ、とゆみに伝えていたのだ。

だが、ゆみはやはりこちらを一瞥もしようとしない。少し前まで、自分に見せていた愛くるしい笑顔はまるで嘘だったように、今は能面のようだった。

「おいおい、勘違いするなよ、時透社長。ゆみからおまえと付き合っているだなんて一言も言われてねぇよ。俺の大事な秘書だからなあ。おまえと違ってゆみとは毎日会ってるからさあ、俺ぐらいになると、何でも気づけちゃうんだよ」

鯖内の口調が急に変わった。いったいこの男は何がしたいのだろうか。

「そうか。悪いけど仕事が忙しいんだ。失礼する」

ただでさえ借金取りに追われて絶望的な気持ちなのに、突然現れた鯖内にわけのわからない絡まれ方をして頭がおかしくなりそうだった。

ひさしぶりにゆみに会えた嬉しさはあったが、一刻も早くこの場を逃れたいという気持ちが、それをあきらかに上回っていた。

「仕事が忙しいだなんて嘘だろ」

時透は席を立ち、二人に背中を向ける。その背中に石を投げつけるような鯖内の言葉だった。

嘘という言葉に反応して時透は足を止める。そして振り返った。

「嘘とはどういうことだ？」

「全部だよ。おまえはもう社長じゃないだろ」

「は？　鯖内、おまえ何言ってんだ？」

時透は内心の動揺を押し隠して必死に言葉を返す。

「いやいや、もうそういうのいいから。ここでこの前あったときからおまえが会社潰したことは知ってんだよ。そんなこと俺が知らないわけないだろ。俺の情報網、舐めんなよ」

背後から思いきり頭を棍棒《こんぼう》で殴られたような衝撃だった。

知っていた——。

鯖内も、そして——ゆみもすべてを知っていたというのか——。

それなのに俺は金持ちのふりをして、社長のふりをして、ゆみと付き合い、嘘に嘘を重ね続けてきたのだ。ゆみにとって、俺の姿は道化に見えていたに違いない。

「じゃあ……なぜ……本当のことを知っていたのになぜ……」

それ以上言葉が続かない。時透は続きの言葉を紡ぐ代わりに、必死に鯖内とゆみを睨んだ。

鯖内は真実を知っていながら、秘書であるゆみを自分に近づけて陥れた。一度は自分で否定していたが、やはり、そういうことなのだろう。そのおかげで時透はギャンブルに手を染め、闇金にまで金を借りて巨額の借金を背負うことになった。こいつらに人生をメチャクチャにされた。決して許せることではない。

するとゆみが初めて時透の顔を見た。そして言った。

「時透さん、鯖内社長は関係ありません。私はあなたに興味があって近づきました。私はあなたが嘘をついていたことを知っていましたが、それに関係なくあなたのことが好きでした。そして私にだけはそのうち本当のことを話してくれると信じていました。だけどもう……残念です……」

ゆみは変わらず無表情だった。だが時透を見つめるその目は、悲しみをたたえているように見えた。

「ゆみ……」

ゆみの言葉は本当なのだろうか。だったらあんな嘘をつかなければよかった。

だが今さら後悔しても遅い。結局、ゆみに嘘をつき続けた自分は、本当の意味でゆみのことを信じていなかったのだ。そのことにゆみは落胆しているのかもしれない。

時透はショックのあまり、それ以上は何も考えられなくなっていた。ゆみの名前を呼ぶことが精一杯だった。

ゆみが時透の言葉に応《こた》えることはなかった。時透から視線を外すと、そのまま店を出ていってしまった。

「じゃあなあ、嘘つき社長」

鯖内は最後にそう言って、ゆみの後を追うようにしていなくなった。

二人がいなくなると時透はフラフラとした足取りで、もう一度、席に座った。

時透は放心状態だった。何も考えることができず、しばらくの間、ぼんやりと窓外を見ていた。

どれくらいそうしていただろうか。

しばらくして、ふと、スマホを見た。スマホの液晶画面は六村金融からの着信履歴で埋め尽くされていた。

　そこでようやく我に返った。

　俺は――金だけじゃなく女までも失ってしまった――。

　もうここにいる必要などない。

　時透は逃げることに決めた。とりあえず東京を出て、どこか地方都市に行方をくらまそうと考えたのだ。

　その日の夜、時透は自宅だったアパートから最低限の荷物だけを運び出し、最寄りの駅へと向かった。狭い路地を歩いている最中に、背後から車が近づいている気配があったので、時透は体を脇《わき》に避《よ》けた。

　だが、車は通り過ぎていかなかった。黒いワゴン車が時透の真横で停まった。それと同時に後部座席のスライドドアが勢いよく開いた。そこから複数の黒い手が出てきて、頭から何かを被《かぶ》せられた。悲鳴をあげる間もなく、時透は車の中に引き摺《ず》り込まれた。

　何も見えず、暗闇《くらやみ》の中、ドアの閉まる音と、急発進する車の音が聞こえた。

「や、やめろ！　た、助けてくれ！　誰か！」

　車で拉致《らち》されたのだ。ようやく状況を理解した時透は必死に叫んだ。

「黙れ！」

　声が聞こえると同時に何者かに頭を殴られた。手足は押さえつけられていた。痛みと絶望的な恐怖で、そこから逃れようと必死に体を暴れさせたがビクともしない。

「あきらめろ。借りた金も返さず、どこかへ逃げようとしているおまえを助ける人間などいるはずがない」

声は時透の耳元で聞こえた。聞き覚えのある声だった。それは六村金融の六村豪徳の声に、間違いなかった。

そのまま時透はどこかに連れ去られた。頭の覆《おお》いがようやく取られた場所が、その見知らぬ部屋だった。


六村の暴力に怯える時透は、雑巾で床を必死に拭《ぬぐ》った。

「も、もう殴るのは止めてください……痛いのは嫌だ……お金は……ぜ、絶対に返しますから……だから……」

時透は土下座して、六村に懇願《こんがん》した。しばらく頭を床に突っ伏していたが、六村からの言葉はなかった。恐る恐る顔をあげると、六村は時透を無言のまま見下ろしていた。

表情はなかった。その目はまるでガラス玉のように色がなく、感情の一切が読み取れなかった。

「返す？　どうやってだ？」

六村はようやく言葉を発した。無表情のままだった。なぜか時透に暴力をふるい、怒りの感情を露わにしているときよりも恐ろしく思えた。

「は、働いて返します！　必死に働いて、絶対に返します！」

時透は必死に叫んだ。

「無理だ。まともに働いて返せるはずがない。それに俺はおまえに猶予など与えていない。今すぐに三十日前に貸した金利を含めた百三十万を返せと言ってるんだ」

やはりそうなのだ。この男に情などないのだ。何で俺はこんな人間から金を借りてしまったのか、と今さらながら後悔した。そもそもここはいったいどこなのだろう。普通に考えて、たった百万の借金で、車で拉致して、ここまで暴行を加えるのはいくら闇金の人間といえども常軌を逸《いっ》している。

自分はいったいどうなってしまうのか――。

時透は虚脱するほどの絶望感に襲われ、何も答えられないでいた。

「最後に一つだけチャンスをやる」

「えっ……チャンスですか？」

六村の口からまるで想定していない言葉が出たため、時透は思わず聞き返した。

「そうだ。しかも大きなチャンスだ。俺の指示した仕事をやれ。もしもその仕事をきちんとやりきることができればおまえの借金をすべて清算してやる」

「すべて……ですか？」

「そうだ。おまえの街金から借りている七百万。その債権をウチが全部買い取って一本化してやる。今回の借金も合わせて、すべて清算してやるってことだ」

とても信じられなかった。破格の条件だった。だが――。

「ど、どんな仕事ですか？」

「簡単な仕事だ。東北のK市に轟家電という電器屋がある。その電器屋が店舗でパソコン教室を運営している。そこの講師をやれ」

六村の提示した仕事は考えもしないものだった。

「パソコン教室……ですか……？」

「そうだ。パソコンに詳しくて命拾いしたな。何か問題でもあるか？」

「い、いえ。まったく問題ありません。それで借金を清算していただけるなら、ぜひお願いします！」

轟家電などという電器屋は聞いたこともなかったし、おそらく電器屋が運営しているパソコン教室ということであれば、それほど専門的なことを教えているわけではないだろう。多少のパソコンの知識がある人間ならば誰でもできそうな仕事をなぜ六村が斡旋《あっせん》しているのかがまるでわからなかった。だが、今の自分に選択肢などあるはずがない。

時透は再び床に頭を打ちつけるように土下座をして感謝の意を表した。

「あたりまえだ。おまえに選択肢などない。死ぬ気で働けば一年ですべて借金は返済できる」

　借金の総額は利子を入れると一年で返すとして一千万円を超える。大学のときにバイトの求人などで見たことがあるが、通常のパソコン教室の講師の賃金はそれほど高くない。普通に考えて一千万を完済できるほど、生産性の高い仕事ではないのだ。

　絶対に何か裏がある。

「質問は一切受け付けない。おまえには質問する権利などない」

　まるで牽制《けんせい》するかのように言われた。時透は何も言えず受け入れるしかなかった。

「外に出ろ。下に車を用意してある。今からK市に向かってもらう」

「い、今からですか……す、少しだけでいいので時間をもらえないでしょうか？」

　殴られ続けて頭が酷《ひど》く痛かった。まだ右目の視界もおぼつかない。瞼《まぶた》も腫《は》れ上がっているに違いない。鼻血もまだ完全には止まっていなかった。

「安心しろ。こっちはプロだ。重傷になるような殴り方などしない。目はすぐにきちんと見えるようになるし、鼻血もすぐに止まる」

　六村は突き放すように言った。

「で、ですが……」

「おい！　こいつを連れてけ！」

　六村は時透の言葉を無視して、ドアの外に向かって叫んだ。

ドアが開いて、体格の良いスーツ姿の男が二人、部屋に入ってきた。男たちは無言のまま、床に突っ伏していた時透を強引に立たせて、部屋の外に連れ出した。

時透は体の痛みで悲鳴をあげたが、まるでお構いなしだった。

ドアの向こう側には見覚えのある風景が広がっていた。やはりそこは六村金融の事務所だった。事務所からそのまま連れ出され、エレベーターに乗せられ、外に出るとワゴン車がビルの入り口に横付けされていた。真夜中であたりに人気《ひとけ》はない。男たちは素早く周囲を確認して、時透をワゴン車の後部座席に押し込んだ。車の窓ガラスにはスモークが貼られていた。

男のうちの一人は運転席に乗り、もう一人は後部座席の、時透の横に座った。

車が動き出す。男たちは一言も話さない。一人は黙々と運転し、もう一人は、ずっと時透のことを監視しているだけだった。

時透は体の痛みに耐えながらただただじっとしていた。車は五時間近く走り続けただろうか。東の空が白々《しらじら》と明るくなりはじめた頃、ようやく車が停まった。どうやらK市に着いたようだ。

「出ろ」

時透のことをずっと監視していた男が言った。時透は、男の声をこのとき初めて聞いた。

外に出ると、そこはどこかのアパートの駐車場のようだった。

駐車場は舗装されておらず砂利敷きだった。十台ほど駐められる広さはあるのだが、不思議なことに、時透が乗せられてきたワゴン車を除いて、一台も車は駐まっていなかった。

アパートは四階建てで、早朝の薄暗い中でも、おそらく白塗りであろう壁面にはところどころにヒビが見えて、かなり年季の入った建物であることはすぐにわかった。入り口は一階に三ヵ所見えた。どれも古めかしい引き戸で、時透は子供の頃に住んでいた団地を思い出した。

運転手だった男は誰かと電話をしていた。もう一人の男はあいかわらず時透を背後から監視していた。

数分後、真ん中の引き戸がガラガラと開いて、眠そうな顔をした中年男が現れた。電話をしていた男は中年男の方に歩み寄る。時透も監視している男に背中を押されて、もう一人の男を追うように歩き出す。

「六村金融の者です。一人、お願いします」

運転手の男が中年男に言った。

「六村金融さん、人をいただけるのはありがたいですが、何もこんな早朝に来なくてもいいんじゃないですか？　それにこの人……血だらけじゃないですか……大丈夫なんですか？」

中年男は値踏みするように時透を見ていた。

「こっちも色々と事情があったんだ。怪我《けが》も見た目ほど酷くはない。あんたも仕事だろ。ぶつぶつ言ってないで、さっさとこいつを引き取れ」

運転手は中年男を睨みつけ、ドスの利いた声で言った。

「わ、わかってますよ。そんな怖い顔で睨まないでくださいよ」

中年男は急に顔を引き攣《つ》らせる。

「あ、あんた早くこっちに来て」

中年男が時透に声をかける。

「行け」

監視役の男が時透の背中を押した。時透は恐る恐る中年男のもとへと向かう。

「早く。建物の中へ入って」

中年男は時透がアパートに入るとすぐに引き戸を閉めた。

振り返ると男たち二人は、もう車に戻ろうとしていた。

「何だアイツら！　こんな朝っぱらから人を呼び出しやがって！　これだからヤクザ者は嫌なんだよ！」

中年男は男たちの背中に向けて悪態《あくたい》を吐いた。

「ええと……あんた名前何だっけ？」

中年男は男たちの車が駐車場から走り去るのを確認すると、思い出したように聞いてきた。

「時透です」

「時透さんね。私はここの管理人をやっている稲積《いなづみ》といいます。あなたの部屋はここの四階、四〇一号室になるから。はい、これ」

稲積に手渡されたものを見ると鍵《かぎ》だった。キーホルダーが付いていて四〇一と刻印されている。

「エレベーターはないから四階まで階段で上がって。それであんたは何の仕事をするの？」

稲積は早くこのやりとりを終わらせたいのだろう。面倒臭そうに早口で聞いてくる。

「えーと……たしか轟家電っていう電器屋でパソコン教室の講師をやれと言われました……」

稲積は質問しておきながら、答えてもすぐには何も言ってこなかった。

不思議に思っていると、ずっと眠そうな顔をしていた稲積が、目を見開き、じっと時透の顔を見ていた。

「あ、あの稲積さん、いったいどうしたんですか？」

あきらかに稲積の様子がそれまでと違う。時透は恐ろしくなって聞いた。

「な、何でもない……轟家電のパソコン教室か……まあ、大変だろうが頑張ってくれ」

やはり様子がおかしい。稲積は間違いなく何かを知っている。

「あの、パソコン教室の仕事がどうかしたんですか？　大変ってどういうことですか？」

「時透さん、あんた、かなりの借金があるんだろ？」

稲積は時透の質問を無視した。

「はい……それなりには……」

答えないと話が進まないと考え、時透は仕方なく答えた。

「そうだろ。普通に働いていたらいつまでも返せない借金を返すためにここへ来たんだろ？　そんなもの楽な仕事のはずがない。あんたもそれなりに覚悟してきてるんじゃないのか？　今、聞いてどうする？　すぐにわかるさ」

何か答えを上手くはぐらかされたような気がした。

「はあ……」

時透はそう答えるしかなかった。

「部屋に行けば、これからどうしたらいいかわかるようになっている。四階なら部屋の窓から轟家電の店舗も見える。あんたの勤め先だ。もういいかな？　私は疲れた」

そう稲積は一方的に話すと、背を向けて歩きはじめ、通路の一番奥にある【管理人室】というプレートが貼られているドアを開けた。稲積は、時透を置いたまま、話を打ち切り、自分の部屋に戻ろうとしているのだ。

時透はその様子を見て、この男に聞いても無駄だと悟り、階段を上がろうとした。だが閉まりかけていた稲積の部屋のドアが止まった。

「そうそう一つだけ伝えとくことがあった。この町、K市は生きている」

一度、背を向けていた稲積は、時透の方を振り返り、そう言った。

「生きてる？　どういうことです？」

まるで意味がわからず、時透は困惑気味に言葉を返す。

「町に嫌われた者は拒絶され続ける。だが町に魅入《みい》られた者は、一生、この町から逃れることはできない。気をつけることだ」

稲積はそれだけ語り終えると再び時透に背を向けた。派手な音を立ててドアが閉じられた。即座にガチャリとドアを施錠する音が聞こえた。

時透は見知らぬアパートの入り口に、一人、取り残された。

先ほどまでの騒動が嘘のようにアパートの中はひっそりと静まり返っていた。いったい何なのだろうか――。頭が万力で絞めつけられるように痛む。手の中には鍵がある。

とにかく今は四〇一号室に行く以外の選択肢は存在していない。

時透は階段をゆっくりと一段、一段、上る。視界がぐらりと揺れる。倒れそうになる。足を踏ん張り、どうにか耐える。体じゅうが軋《きし》むように痛んだ。わずか数時間前に、時透は六村に血まみれにされているのだ。まずは病院に行くべきではないのだろうか。そんな考えが頭をかすめる。だが時透は、財布もスマホもすべて六村に取られてしまった。自分で救急車を呼ぶことすらできない。それに病院に行ったとして、この怪我をどう説明すればよいのか

――。おそらく医者じゃなくとも、何者かに暴行を受けての怪我、というのはすぐにわかるだろう。それを六村のせいだと言えるはずがない。

やはり選択肢はない。今の自分は何とか体を動かして、四階にたどり着くしかないのだ。上の階への折り返し地点となる狭い踊り場で、体を休めるのを繰り返し、時透はようやく四階へとたどり着いた。

階段を上り切ると狭い通路が延びている。四〇一号室は通路の一番手前だった。

息も絶え絶えの状況だった。気を抜くとこのまま通路に倒れて身動きできなくなりそうだ。

震える手で鍵を鍵穴《かぎあな》に差し込み回す。ガチャリと音がした。ドアを開けて中に入る。薄暗い空間。猫の額ほどの狭い玄関で靴を脱ぐ。目の前にはもう一つドアがあり、その先に部屋があった。手探りでスイッチを探し、照明を点《つ》けた。

そこは四畳ほどの小さな部屋だった。中央に小さなテーブルがあり、隅にはパイプベッドが置いてあった。

時透はヨロヨロとベッドまで歩き、その上に倒れ込んだ。そしてそのまま意識をなくした。


強烈な喉の渇きで時透は目を覚ました。

一瞬、自分がどこにいるのかわからなかった。だが、悪夢のような記憶を反芻《はんすう》し、ここに至るまでの経緯をどうにか思い出すことができた。

水回りを探したが、この部屋にはそれらしきものはない。ひどい頭痛がして体中が痛む。這うようにして、部屋を出た。狭くて短い通路の途中に小さなドアを見つけた。ドアを開けるとユニットバスになっていた。そこに小さな洗面台も備え付けられていた。蛇口を捻《ひね》ると冷たい水が出た。コップの類は見当たらない。

両の手のひらに水を溜《た》めて、喉に流し込んだ。

水は食道を通り、体中に水分が染《し》みわたってゆくのを感じた。十分な水分補給を終えると時透は大きく深呼吸をした。

六村金融の奴らに拉致されてから、ずっと飲まず食わずであったことを思い出した。

そのとき派手な電子音がどこからか聞こえた。ベッドが置いてあった部屋の方からだ。

時透が部屋に戻るとテーブルの上にスマホが置いてあった。それが鳴っていたのだ。時透はスマホを恐る恐る手に取る。ディスプレイには非通知の表示が出ている。リズミカルな着信音は鳴り止《や》む気配がない。時透は意を決して着信ボタンをタップした。

「は……はい……」

スマホを耳に当てて相手の反応を窺う。だがすぐに声は聞こえなかった。代わりにゴーという空調が回っているような音が聞こえた。

「あ、あの……もしもし……」

時透は見えない相手に呼びかけた。反応はない。あいかわらず空調らしき音しか聞こえない。だが時透はこのまま通話を切ることも恐ろしく思い、何度かこちらから呼びかけつつ、応答があるのをしばらくじっと待っていた。

『ああ！　申し訳ない！　時透さんですね？』

ようやく声が聞こえた。若い男の声だった。

「は、はい……時透です……」

『私、轟家電、パソコン教室運営部の御厨《みくりや》と申します。どうかよろしくお願いいたします』

男の声は大きく明瞭《めいりょう》に聞こえた。言葉も丁寧で接客に携わる人間の話し方に思えた。あくまでも電話の印象だけでしかないが、六村金融の奴らや管理人の稲積とは異なる人種の気がした。

「と、轟家電の方……六村さんという人にそちらで働くことになると言われました」

『ええ。そのとおりです。時透さんにはこちらのパソコン教室で働いていただきます。さっそく、明日から出社していただきますがよろしいですか？』

「は、はい……わ、わかりました。大丈夫です。よろしくお願いします」

こんな満身創痍《まんしんそうい》の状態でまともに働けるとはとても思えなかったが、恐ろしくて、断ることなどできなかった。御厨はまともな人間の印象だったが、これはヤクザに斡旋された仕事なのだ。正直に事情を話して、明日は休ませてください、などと言ったら何をされるかわからない。

「それでは明日の朝九時に店舗に来てください。正面入り口ではありません。店舗の裏側に社員通用口があります。そこの受付に社員証を提示して初出社である旨を伝えれば、どこへ行けばいいのか教えてくれますので」

御厨はよどみなく言葉を紡ぐ。

「あ、あの……社員証というのは……」

時透はおずおずと質問をする。

「ああ……説明不足でしたね。部屋のクローゼットの中にワイシャツとスーツ一式が入っています。必ずそれを着て出社してください。そのスーツの胸ポケットの中に社員証が入っています」

そう言われて部屋の壁面の一方が開閉式のクローゼットになっていることに気づいた。そこを開けると御厨の言葉どおりスーツとワイシャツが掛けられていた。スーツの上着の胸ポケットをまさぐるとカードが入っていた。おそらくこれが社員証なのだろう。

「ありがとうございます。スーツと社員証を確認できました」

「それはよかった。それでは明日、お会いできるのを楽しみにしております」

電話は切られた。

やはり自分は轟家電という電器屋で働くらしい。まるで実感がわかなかった。スマホで時間を確認すると夕方の五時を過ぎていた。ここに着いてから半日以上寝ていたことになる。

時透はユニットバスへと向かった。シャワーを浴びようと思ったのだ。そこには姿見があった。自分の姿を確認する。右目が腫《は》れ、顔のところどころに擦り傷が見えた。鼻血は止まっているが、おそらくその鼻血のせいで、着ている服は赤く染まっていた。

こんな状態で明日、本当に仕事に行けるのだろうか——。

時透は惨《みじ》めに痛めつけられた自分の姿を見ながら思った。

だが考えても仕方がないと思いシャワーを浴びた。熱い湯は傷口に染みて酷く痛んだが、体に付着していた汚れや血を洗い流すことができてさっぱりした。

見上げたところにつっぱり棒があった。そこにバスタオルがかけられていた。

バスタオルで体を拭いてベッドのある部屋へと戻った。先ほど開けたクローゼットの中に下着といくつかの部屋着が入っていたのを覚えていた。

クローゼットを開けて部屋着に着替える。サイズは測ったかのようにぴったりだった。

ようやく一息つけた。改めて、今いる自分の部屋を見回す。パイプベッド、ローテーブル。そして部屋の隅に小さな冷蔵庫を見つけた。冷蔵機能のみのタイプだ。

冷蔵庫を開けるとペットボトルが複数並んでいた。おそらくミネラルウォーターだろう。それ以外は何もない。食材の類は一切入っていなかった。

ペットボトルを一本取り出して、飲んでみた。やはりミネラルウォーターだ。先ほど喉を潤《うるお》したユニットバスの洗い場の水よりも格段に美味《おい》しい。目を覚ましたときに、この冷蔵庫の存在に気づいていれば、と時透は少し悔《く》やんだ。

部屋には一つだけ窓があった。

このアパートは小高い丘の上に建っているようで、さらに四階ということもあり、K市の町並みが一望できた。

すでに陽は暮れようとしていた。大きな太陽が遠くにある山の端《は》に沈もうとしている。東京ほどではないが、K市が大きな町であることはすぐにわかった。大小の建造物が所狭しと並び、それらは暗がりの中、まるで競い合うように無数の光を放っていた。

遠くには、高く聳《そび》え立つ煙突が見えた。何かの工場だろうか。煙突は赤黒い夕空にもくもくと煙を吐いていた。

そして、視線のピントを近くに合わせると、ここから数百メートル先に、一際、大きな建造物が見えた。建造物の壁面に大きく『轟』というマークが見えた。あれが轟家電の店舗なのだろう。

「あんなに大きいのか……」

思わず独《ひと》り言《ごと》が口をついた。

轟家電がこれほど大きな店だとは思っていなかった。パソコン教室を運営していると聞いて、それなりの規模を想像してはいたが、その想像をはるかに超えていた。

ここから見える轟家電の店舗はまるで要塞《ようさい》のように大きかった。

今まで轟家電という名前は一度も聞いたことがなかった。全国チェーンの店ではないのだ。所詮、地方にしかない田舎の電器屋だと高を括《くく》っていた。

これほどの大きさを誇る電器屋の店舗は、東京でもあまり見たことがなかった。

見る角度の問題なのだろうか。アパートの窓から見える轟家電の店舗の壁面には窓が一つも見当たらなかった。

太陽が完全に沈み、あたりは暗闇が支配した。

轟家電の要塞のような建造物も闇に溶けた。

同時に言い知れぬ不安感が腹の奥底からせり上がってくる。

いったい自分はこれからどうなってしまうのだろうか――。

今さらだが、たった一つの嘘をきっかけとして、女とギャンブルに溺《おぼ》れ、闇金に手を出すところまで堕ちてしまった自分を責めた。

そして六村に拉致された。

あの瞬間に自分の人生は大きく変わってしまったのかもしれない。

時透は管理人の稲積に言われた言葉を思い出していた。

『町に魅入られた者は、一生、この町から逃れることはできない』

自分は決してそんなことにはならない。

パソコン教室の仕事だか何だか知らないが、俺は懸命に働き、さっさと借金を返して必ず東京に戻る。

時透は、そう自分に誓いを立てた。

6章
パソコン教室

朝起きると体の痛みは軽減していた。目の腫れも昨日よりは引いていて、頭痛もだいぶ治まっていた。これなら何とかなりそうだ。

プログラマーの仕事をしていたときはほとんどスーツを着たことがなかった。ひさしぶりにスーツを着た。なぜかサイズはぴったりだった。スーツ姿の自分を姿見で見た。違和感しかなかった。だが、すぐに慣れるのかもしれない。

昨日、窓から見た、この場所と轟家電の店舗との位置関係を考えると、おそらく徒歩で十分もかからないだろう。

御厨には九時に出社しろと言われていたが、体はまだ完全に治ったわけではない。念《ねん》のため、八時過ぎに部屋を出た。靴を履こうとして、履き潰したスニーカーで良いのだろうか、と思ったがスーツに合う革靴など持っているはずがない。

玄関に小さな戸棚があった。もしかしたらと思い、開けると中に革靴が入っていた。靴もスーツ同様、サイズはぴったりで問題なく履けた。

気味が悪かったが、何も考えないようにした。今の自分はこの町に来てしまった以上、何事も受け入れるしかないのだ。

部屋のドアを開けて通路に出ると隣人と目が合った。四〇二号室の住人なのだろう。あちらもちょうど、ドアを開けたタイミングだった。

隣人はパンツスーツに身を包んだ黒髪の若い女性だった。

黒髪を見て、一瞬、ゆみのことを思い出した。ゆみの髪は短かったが、パンツスーツの女性の髪は長かった。

時透は、おはようございます、と言って会釈をした。

だがその挨拶は無視された。すぐに視線は外され、女性は無言で時透の前を通り過ぎ、そのまま足早に階段を下りて行ってしまった。

呆気《あっけ》に取られたが、時透はすぐに気づく。

このアパートは時透のように借金を抱え、返せなくなった人間たちの受け入れ先なのかもしれないと。そうだとしたらあの女性も、普通に働いていても到底返せない借金の返済のためにここで生活しているのではないだろうか。そんなところで近所付き合いなど頭になくて当然かもしれない。

階段を下りる途中、多くの人の姿を見た。皆、ここのアパートの住人で時透と同じように
どこかへ向かおうとしている様子だった。男も女もいて、若者もいたが中年もいた。高齢者
はいなかった。先ほどの女性はスーツ姿だったが、作業着を着ていたり、私服の人もいて、
服装はバラバラだった。
ただ、皆、無表情で早足だった。怪我のせいで、ゆっくりとしか階段を下りられない時透
を住人たちは無言のまま追い越してゆく。
ようやく一階へとたどり着き、アパートを出てすぐに異様な状況に気づいた。
やはりアパートは小高い丘の上に建てられていた。建物に沿って丘の麓《ふもと》へと通じる、片側
一車線のなだらかな道路が延びている。
道路は多くの人で埋め尽くされていた。皆、丘の麓へと向かって歩いていた。
時透はあたりを見渡してようやく気づいた。アパートは時透の住んでいる一棟だけではな
かったのだ。丘のゆるやかな斜面には、まるでドミノ倒しのドミノのように等間隔でいくつ
ものアパートが並んでいた。
ここに連れて来られたときは、早朝で薄暗く、六村金融の男たちに監視されていたという
こともあり、この状況に気づくことができなかった。
麓へ続く道路を埋め尽くしている人間たちは皆、このアパート群の住人なのだろう。やは
り年代も性別もバラバラの人間たちだった。皆、同じように表情がない。他人と会話してい

る人間も見当たらない。人々は列を作り、ただ黙々と歩いていた。

不気味に思いながら、時透もその列に加わる。

時透は、邪魔にならぬよう、できるだけ道路の端を歩いた。

道はきちんとアスファルトで舗装されているが、歩道がなく、路側帯も狭かった。センターラインも引かれ、あきらかに車両用の道路のはずなのだが、誰もそんなことを気にする様子もなく、道路の上を堂々と歩いていた。

しばらく歩くと丘の麓までたどり着いた。同時に、道を占領していたアパートの住人たちは蜘蛛《くも》の子を散らすように、それぞれバラバラの方向へと歩き出す。

時透は呆気に取られながらも、すでに視界に入っている轟家電の店舗の方向へと歩みを進める。そこからの道は歩道がきちんとあり、車も行き交っている。

すぐに轟家電の店舗へとたどり着いた。それは四階建ての巨大な建造物だった。やはり窓が一つも見当たらない。駐車場が驚くほど広い。

まだオープン前で駐まる車のない駐車場を横断して、店舗の裏手へと回った。社員通用口の場所はすぐにわかった。

来客用の派手なエントランスとは正反対の、質素ではあるが、分厚そうなドアがすぐに見つかった。そこに轟家電の社員だと思われる、スーツ姿の人間たちが次々と消えてゆく。

まだ時刻は八時半を過ぎたばかりだ。少し早いと思ったが時透はドアを開けた。コンクリートの床に高い天井。冷えびえとした薄暗い空間が広がっていた。

入ってすぐのところに詰め所のような場所があった。

透明な窓から中が見通せるようになっていた。

ドアには『受付』と簡素なプレートが貼ってある。

中には人がいた。作業着を着た男性で、パソコンに向かって何かの作業をしていた。

時透はドアをノックした。

時透に気づいた男性は立ち上がりドアを開けてくれた。

「おはようございます。私、時透と申します。今日が初めての出社になるのですが……」

「えーと……時透さんね……社員証あります？」

そう言われて時透は社員証を男性に提示した。社員証はクレジットカード大で、ローマ字でフルネームが記載されており、カードの一部にＩＣチップが埋め込まれているのか、キラキラと光っていた。

「はい。ちょっとお預かりしますね」

男性は時透の社員証を持って、詰め所へと戻る。何やらパソコンの横にあるカードリーダーらしきものに社員証を通している様子だった。

パソコンのモニターを見ながらキーボードを操作している。ほどなくして男性は時透のもとへと戻ってきた。

「ありがとうございます。社員証を返しますね。時透さんはパソコン教室運営部の勤務となります。奥の方に社員用エレベーターがあるので、四階へ行ってください。そこの研修室でお待ちください。ここの受付と同じように研修室のドアにプレートが貼ってあるのですぐにわかると思います」

時透は受付の男に礼を言って、歩き出す。すぐに社員用のエレベーターが見つかる。出社時間のピークなのか、スーツ姿の男女でエレベーターはいっぱいになった。だが皆、二階と三階で降りてしまった。四階へ向かうのは時透だけだった。

四階で降りるとすぐに研修室のドアが目に入った。ドアには窓があって中の様子が見えた。人の姿はなかった。

時透はドアを開けて中に入った。

学校の教室のような、ある程度の大きさの部屋を想像していたがそれほど広くない。細長いデスクを四つ繋げて四角形を作り、それぞれのデスクの前に椅子が一つずつ置かれている。入り口と反対側の壁にはホワイトボードがあった。

時透はホワイトボードから一番遠い場所にある椅子に座った。ホワイトボードの上には壁掛け時計があり、針は八時五十分をさしていた。受付のやりとりで、思ったよりも時間を取られた。早めに来ておいてよかった。

ドアの外からは、通路を行き交う複数の足音が聞こえた。座っている椅子は背もたれもあり、スプリングが利いて柔らかかったが、気持ちがまるで落ち着かない。不安な思いがずっと、さざ波のように揺れ動いていた。

先ほどの異様な光景を思い出す。団地のように同じ形をしたアパートから出てきた大量の人間たち。それらの人間たちで丘の麓まで延びる道路は埋め尽くされていた。

皆、自分と同じように多額の借金を作ったがために、この町に連れて来られたのだろうか――。

人間たちは丘の麓まで下りると皆、バラバラの方向に散っていった。自分の考えが正しければ、轟家電の他にも、裏の人間が斡旋するような職場がK市内には複数存在していることになる。いったいどういうことなのか――。

そのとき研修室のドアが開き、思考が遮断された。時透は反射的に立ち上がり、ドアの方に体を向けた。

「おはようございます。座ったままで結構ですよ。時透さんですね？　昨日、電話で話をさせていただいたパソコン教室運営部、部長の御厨です。どうか本日からよろしくお願いしますね」

「と、時透稔です。こちらこそどうかよろしくお願いします」

時透は頭を下げた。

時透は御厨が部長であることに驚いていた。二十代後半くらいにしか見えなかったからだ。

御厨は細身で、下はスラックスを穿いているが、上は薄いピンク色のワイシャツを着て、ノーネクタイだった。

「どうぞお座りください」

時透はいま一度、頭を下げて椅子に座った。

御厨も時透の対面の椅子に座る。

「時透さん、サービス業の経験はおありですか？」

御厨は唐突に聞いてきた。

「はい。学生の頃、バイトですが経験はあります」

学生の頃はバイトに明け暮れていた。コンビニやレストラン、他にもスーパーやガソリンスタンドでも働いたことがある。

「それはよかった。うちのパソコン教室ではパソコンの知識と、それ以上にご利用者様とのコミュニケーションスキルが重要視されるので」

「御厨部長、自分は正直、気づいたらここで働くことになっていて……仕事もパソコン教室の講師をするとしか聞いていないんです」

時透は自分の不安な気持ちを御厨に伝えた。

「そうでしたか。それは不安ですね。それではこれからきちんと業務内容を説明させていただだきます。簡単に言いますと、この店の三階がパソコン売り場になっています。当店でパソコンを購入いただいたお客様への特典として購入後、三ヵ月間無料でパソコン教室を利用できるようになっているのです。そしてパソコン教室はこの四階のフロアーで開かれています。時透さんには、そのパソコン教室の講師になっていただきます」

御厨は滑《なめ》らかな口調で説明をする。

「三ヵ月間無料ですか？　それはすごいですね」

時透は率直な思いを口にした。以前どこかで、家電商品の中でパソコンが一番利益率が低い、というのを聞いたことがあった。そういう状況の中、パソコン教室を開いて、購入特典として無料で受講させる、という考えが単純にすごいと思ったのだ。

「ですが、すべてのお客様が受講できるわけではありません」

御厨は、時透の頭の中を覗《のぞ》き込み、まるでその考えを訂正するかのように言った。

「えーと……パソコンを買うだけじゃ受講できないということですか？」

「そういう意味ではなく購入者に条件があるのです。六十五歳以上の高齢のお客様に限ります。さらにパソコンを初めて買う方であれば尚《なお》よしです」

「なるほど。それではパソコン教室に通われる生徒はほとんどが高齢者ということですか？」

「ほとんどではありません。すべて高齢者です。しかも初心者です。授業はこれらのテキストに従って進めます」

そう言って御厨は時透のデスクの前に三つの冊子を置いた。それぞれ【ワード講座】【エクセル講座】【インターネット講座】と表紙に書かれている。

「全員高齢者でしかも初心者ですか……授業の形式は一対複数ですか？」

もしもテキストに沿って講師が進めてゆくスタイルであれば、授業が大変になるのは間違いなさそうだった。時透はその点が気になり質問をした。

「はい。講師一人に対して生徒さんは複数います。ですが講師主導の授業スタイルではありません。生徒さんご自身で、テキストを好きなペースで進めてもらって、質問があればその場で講師が答える形を取っています」

「なるほど。受け持つ生徒さんは何人くらいですか？」

「そのときの状況次第ですが十人前後です」

一人で受け持つには多いように思えたが、質問攻めにされなければ何とかなるような気もする。とりあえず講師が進める授業形式ではないことがわかって時透は少しホッとした。

「時透さん、今から色々考えても仕方がありませんよ。まずは授業をやってみてください。テキストを読めばわかりますが、初心者相手ですから高度なパソコンの知識は必要ありません。午前中はテキストに一通り目を通してください。午後からさっそく授業を行っていただきますので」

「えっ？　今日からもう授業を行うんですか？」

時透は驚き、声をあげた。

「何か問題でもありますか？」

御厨は心底、不思議そうな表情で言う。

「あ、あの……パソコン教室の講師という仕事はまったく初めてなので、数日間は研修みたいなものがあるのかな、と思っていたので」

「大丈夫、大丈夫。心配する必要ないですから。まだ九時半です。午後の授業は一時からです。まだ三時間半もあります。まったく問題ありません」

御厨はニコニコと笑っている。おそらく自分の不安な気持ちはまったく伝わっていないのだろう。

「時透さん、私、そろそろ行きます。この研修室は自由に使っていただいて構いませんので。十二時になったら一時間休憩を取ってください。お腹《なか》がすきましたら、二階に社員食堂があります。社員証があれば、一食は無料で食事できますので、使ってみてください。それでは一時前にまた来ます」

御厨はそう言って部屋を出ていってしまった。

時透は一人、研修室に取り残された。とにかくやるしかないようだ。

時透はテキストを手に取って読みはじめた。

最初に手に取った【ワード講座】はタイピングをするための基礎となるホームポジションの説明からはじまり、文章入力方法、罫線《けいせん》を使った表の作成まで行えるようにするという内容になっていた。【エクセル講座】はセルの説明、数値の入力方法、グラフの作成、簡単な関数を使っての計算方法、という内容だった。どれも例題が挟まれていて、その例題を解きながら受講者はテキストを進めるというかたちになっている。

最後の【インターネット講座】と書かれたテキストの内容だけ、他の二冊と毛色が違った。

ブラウザの種類、検索方法、メールの使い方などは最初の数ページで終わり、その後はすべてマルウェアなどのコンピューターウイルスの種類と危険性について書かれていた。

ワードとエクセルについてはおそらく初心者からの質問であれば、自分が持っている知識で対応できそうだった。インターネットに関しても単なるブラウザでの検索方法とメーラーを使っての送受信の方法なのでこれも問題ないだろう。その後のかなり分量の取られているコンピューターウイルスに関しても、時透はプログラマーとして、それなりの知識を持っている。ある程度の質問であれば噛《か》み砕《くだ》いて答えることぐらいは問題ない。だが読んでいてどうしても気になる点があった。コンピューターウイルスについての説明の箇所が、恐怖を煽るばかりで、解決策や回避策が一切、書かれていないのだ。

挙げ句の果てにこんな一文まであった。

【最新の研究ではパソコンから人間に感染するコンピューターウイルスも発見されている。現時点ではこれを完治させるための人間用のワクチンはまだ発明されていない。この状況を踏まえて、ユーザーはコンピューターウイルスに感染しないように最大限の注意を払わなければならない】

目が点になった。パソコンから人間に感染するコンピューターウイルスなど存在するはずがない。いったいこれはどういう意図で書かれているのであろうか。

もしもこの部分を受講者に質問されたらどう答えればよいのだろう。やはりテキストに書いてある以上、この内容を肯定するような受け答えをすべきなのだろうか。

とにかく三冊のテキストを読み終えた。時間を確認するとちょうど昼の十二時を回ったところだった。

腹が減っていた。気づけば一昨日から何も食べていなかった。立ち上がり、研修室を出て、エレベーターに乗り二階の社員食堂へと向かった。

エレベーターを降りてすぐのところに社員食堂はあった。郊外のショッピングセンターにあるフードコートの小型版のような装いで、思っていたよりもきちんとした食堂だった。入り口に食券の販売機があり、麺類《めんるい》や定食などメニューも意外に豊富だった。

だがこれからのことを思うと腹は減っていたが、それほど食欲があるわけではなかった。

時透はかけそばのボタンを押した。販売機の中央部に、カードの読み取り装置のようなものがあり、そこに社員証をかざすと食券が出てきた。食券をカウンターにいた年配の女性に渡すとすぐにかけそばが出てきた。

食堂の一番端の空いている席に座った。席は三分の一ほど埋まっていた。当然、すべて轟家電の従業員だと思うが、皆、格好はバラバラだった。スーツを着ている者、轟家電の制服と思われる青色のベストを着ている者、作業着姿の者、各々がそれぞれの席に座り、黙々と食事をしていた。そこに和気藹々《わきあいあい》とした雰囲気は感じられなかった。

時透は今まで社員食堂のある会社で働いたことはなかった。昼になると社員食堂はごった返すようなイメージを持っていた。だが、ここは電器屋なのだ。普通の会社であれば昼休みはあるが、当然、電器屋の営業時間に昼休みはない。その影響で社員の昼休みの時間が分散しているのかもしれないと気づいた。時透は、そんなことを考えながら美味くも不味《まず》くもないかけそばを食べ終えると、食堂を出た。ある程度、腹は満たされた。四階の研修室に戻る。その直後、御厨が現れた。

「どうですか？　テキストだいたい読めましたか？」

ニコニコしながら軽い調子で聞いてくる。

「はい。一通りは」

時透は答えた。

「お昼は食べられましたか？」

「はい。先ほど食堂で食べてきました」

「それはよかった。昼食は明日からも社員食堂で摂ってください。そのときに社員証は必要ですからお忘れなく」

「御厨部長、僕は電器屋で働くのは初めてなのですが、社員食堂があるお店というのは多いんですか？」

時透は何となく気になっていたことを聞いてみた。

「いえ。おそらくないと思います。全国チェーンの大手家電量販店の大型店舗にも社員食堂はないと思いますよ。時透さん、轟家電は特別な電器店なのです。他の家電量販店などと比べても意味がありません。あなたは運がいい。ここは福利厚生もしっかりしているのです。社員証で昼食が付いてくる電器屋なんて他に存在しませんから」

御厨は自信に満ちた表情で言う。

「わかりました。ありがとうございます」

時透はやはりそう言うしかなかった。

「さて、そろそろ時間ですね。教室へ行きましょうか」

言われて壁掛け時計を見ると、あと十分で一時になろうとしていた。

「御厨部長、もう一つだけ質問があります。テキストについてです」

時透の頭の中にあったのは、テキストの一文、コンピューターウイルスに言及した箇所だった。この部分を曖昧《あいまい》にしたまま、授業はできない。

「テキスト？　何でしょうか？」

「はい。この【インターネット講座】のテキストの中の一文にどうしても理解できない箇所があるのです……」

時透は該当するページを開き、御厨に見せた。

「人間に感染するコンピューターウイルスと書いてあります。そんなものが存在するはずがありません。ですが実際にテキストに書いてあるので、もしも質問をされたらどう対応しようかと悩んでいました……」

「時透さん、あまり深くは考えなくていい。あなたはテキストに書いてあるとおりに授業を進めれば良いのです。それだけです。テキストに書いてあることはすべて正しい。それが大原則です。そしてこれは我々にとって、とても意味のあることなのです。あなたもそのうちわかるでしょう。さあ、もう時間がありません。急ぎましょう」

時透は反論しようとしたが、止めた。時間が差し迫っていたし、今の自分の立場を考えると働きはじめたこの時点で、あまり目立ったことをするのは得策ではないと考えたからだ。

御厨は研修室を出ると、四階の長い通路を早足で歩きはじめた。時透はまだ癒《い》えぬ体で必死に追いかけた。御厨は時透が、若干、足を引きずっていることに気づいていると思うのだが、気遣《きづか》う様子はまるでなかった。

長い通路の先に大きなドアがあった。御厨は早足の勢いそのままでドアを開ける。そこにはまた長い通路が延びていた。通路の左右に等間隔でドアが並んでいた。御厨は今までよりも少しだけ速度を落として歩きはじめた。それぞれのドアのすぐ横には、大きな窓が付いていて、中の様子が見えた。窓には数字が書かれていた。部屋番号だろうか。

中には複数のデスクが並べられ、老人たちがそこでパソコンに向き合っていた。

「御厨部長、ここから見えるドアの一つ一つが教室なのでしょうか？」

時透は御厨の背中に向かって質問を投げかけた。

「ええ。そのとおりです。この通路には左右に十ずつ教室があります。実はここの反対側にも同じような通路があって、同じ数だけ教室があります」

御厨は振り向かずに答えた。

左右に十室ずつということは、ここには二十の教室があり、さらにこのフロアーの別の場所に同じ造りの通路があるとなれば、単純に二十の二倍の四十の教室がこの四階のフロアーに存在していることになる。一つの教室で十人受講できると仮定すると、ここには四百人規模のパソコン教室が存在していることになった。

中を見る限り、どの教室も席はすべて埋まっている様子だった。

「御厨部長、授業は一時からですよね。もう授業がはじまっているように見えるのですが」

スマホで時間を確認するとまだ一時二分前だった。

「ここの生徒さんたちは、時間がありあまっているのです。皆、早めに来て、各々がテキストを進めてくれているのですよ」

そう答えると同時に御厨は、一つのドアの前で足を止めた。

「時透さんには、この11番教室で授業を受け持ってもらいます」

窓には11と数字が書かれ、それが赤い丸で囲まれている。

御厨はドアを開けて中に入った。時透も続けて入る。

十人分の席はすべて埋まっていた。皆、例のテキストを見ながらノートパソコンを前にして真剣に操作している。パッと見る限り、話のとおり全員が高齢の男女に見えた。

ドアから入ってすぐの右側の壁面にホワイトボードがあった。御厨はそのホワイトボードの前に立ち、生徒に向かって話しはじめた。時透もその横に並んで立った。

老人たちの視線が時透に集まる。

「皆さん、こんにちは。今日からこの11番教室の授業を受け持つ講師を紹介します」

それだけ言って、御厨は時透を見た。

「時透先生、挨拶を」

そうか、自分は先生なんだと不思議に思いながら話しはじめた。

「皆さん、初めまして。時透稔と申します。今日から、この教室を担当させていただきます。どうぞよろしくお願いします」

気の利いたセリフはまるで思い浮かばなかった。それだけ言って頭を下げた。

だが思いのほか、老人たちの反応は良かった。

声はまるでバラバラだったが、皆、老人特有のゆったりとした口調で、よろしくお願いします、と声をかけてくれた。

「それじゃあ、時透先生、あとはよろしくお願いします」

そう言って御厨は、教室をさっさと出ていってしまった。

時透は一人、取り残された。生徒たちはじっと時透を見ていた。時透が何か言うのを皆、待っているのだ。

「そ、それじゃあ皆さん、各々、テキストに沿って勉強を進めてください。私は皆さんの様子を見ながら教室の中を歩き回っていますので、質問がある方は手を挙げてください」

事前に御厨から聞いていた授業の形式を考えると、講師としてはこういった授業方法が一番妥当に思えた。授業直前に咄嗟に考えた方法だったが、皆、納得してくれた様子でテキストを見ながらのパソコン操作をそれぞれが再開した。

どうやら間違っていなかったようだ。時透は心の中でホッと胸を撫《な》で下ろした。それよりもどのようにして授業を進めるかぐらいは教えておいてほしかった。投げっぱなしにもほどがある。

それから落ち着く暇もなく、老人たちの、質問の手がどんどん挙がった。これは御厨に話を聞いていたとおり、全員がパソコン初心者だったので、苦労することなく質問に答えることができたが、簡単ではなかった。皆、本当にパソコンの初心者で、耳の遠い老人もいた。できる限り、パソコンの専門用語を使わずに、それを噛み砕き平易な言葉で教えることに大変な労力を要した。自分のあたりまえが、彼らにはあたりまえではないのだ。例えば、普通マウスでクリックと言えば、左クリックのことをさす。だが生徒たちにはそういう認識はなく、左クリック、右クリック、とワンモーションごとに指示しなければならなかった。だから一つ一つの質問にかなり時間がかかった。だが質問の手はどんどん挙がるのだ。この教室に講師は自分しかいない。必死に答え続けて、質問の手が途切れたと同時に授業は終わった。一コマは九十分だったが、あっという間だった。三十分の休憩時間の後、午後三時からまた授業がはじまる。新たな老人たちが入れ替わりでやってくる。同じように十人の老人たちが教室を埋め尽くした。また挨拶をして授業をはじめる。やはり老人たちの手は精力的に挙がる。汗だくになりながらもこの授業も何とか終えることができた。さらにもう一コマ残されていた。最後は気力だけで頭と体を動かし、最後の授業も何とか乗り越えることができた。

それにしても研修もなしで初日から三コマの授業はハードすぎるのではないだろうか。

六村にやられた体の傷が痛んだ。疲労と体の痛みで、しばらく時透は教室の椅子に座り込んで動けないでいた。三コマ目の授業を受けた老人たちはすでに帰っていた。

教室には時透以外、誰もいない。

するとドアがガチャリと開く。

「時透さん、お疲れ様です」

御厨だった。

「どうです。初日の感想は？　少しは自信がつきました？」

「わかりません……とにかく必死に生徒さんの質問に答えて……それを何度も繰り返したというだけで終わってしまいました……」

時透の正直な感想だった。

「初日はそんなものです。ときどき覗きに来ましたが、時透さんは頑張ってやっていたと思いますよ。教室を出てきた生徒さんたちも満足そうな顔をしていましたし」

御厨は授業を見にきていたのか。まったく気がつかなかった。

「お疲れ様でした。今日はこれで上がってください。明日からは九時半までに出社してください。これからは午前中の授業も担当していただきます」

「ということは午後からの三コマと合わせて一日合計四コマの授業を行うということでしょうか？」

三コマでもヘトヘトなのだ。一日四コマも授業ができるだろうか。時透は不安な思いで御厨に聞いた。

「そうです。一日四コマの授業となります。でも大丈夫ですよ。今日は大変だったかと思いますが、徐々に慣れてきます。今日は初日ですから生徒さんとまだ距離があったと思いますが、慣れてきたら生徒さんたちは時透さんに色んな世間話をしてくると思います。そしてここが重要なのです。決して対応を蔑ろにすることなく親身に話を聞いてあげてください」

「はい……」

今日の状況から考えると、世間話ができるくらいの余裕が生まれるとは到底思えなかった。

「これはとても重要なことですからね。ある意味、授業の内容以上に重要なことです。ここに来られる生徒さんたちは独り身《ひと》だったり、悩みを抱えている方が多いのです。それに寄り添うことも我々の大切な仕事ですから」

それまでの軽い口調が影を潜め、真剣な表情で御厨は言った。

「わかりました。明日からも頑張ります」

色々と思うところはあったが疲労はピークに達していた。時透はそう言って、御厨との話を切り上げた。

店の外に出るとあたりは暗くなっていた。すでに夜の七時を過ぎていた。

アパートまでの帰り道には自信がなかったが、轟家電の駐車場からあたりを見渡すと、高台に並ぶアパート群の、部屋の明かりをすぐに見つけることができた。

時透は高台の方へと歩きはじめた。緊張から解放されたせいか、また体が痛みはじめた。ゆっくりしばらく歩くとアパートへと続く上り坂が見えた。

上り坂は侘《わび》しげな弱い光を放つ、街灯に照らされていた。

そこに坂を埋め尽くす黒々とした人だかりが、弱い灯りに照らされて、浮かび上がるように現れた。時透はギョッとした。それは朝に見たアパート群の住人たちだった。

住人たちは朝とは反対にこの坂を上ってアパートへと帰ろうとしているのだ。

時透も恐る恐るその人だかりへと加わる。時透は朝と同様、邪魔にならぬように坂の端を歩いた。ザッザッという足音がどんどん時透を追い越してゆく。

話し声など聞こえない。皆、どんな表情をして歩いているのかも窺い知れなかった。

時透は周りを見るのが恐ろしくて、ずっと地面を見ながら歩いていた。

アパートが近づくと人だかりは分散し、各々の棟へと帰ってゆく。それは巣穴に戻る蟻《あり》の大群のように見えた。時透も自分の巣穴に戻り、階段を上る。体は痛んでいるのだが、昨日よりは辛くはなかった。

四階の自分の部屋の前に、発泡スチロールの箱とスーパーの買い物かごのような物が置かれていた。見ると、四階の、どの部屋の前にも箱とカゴが置かれている。朝、部屋を出るときはなかった。いったいこれは何なのだろうか。

時透が部屋の前で思案していると後ろを人が通り過ぎた。

朝、部屋を出るときに目が合った四〇二号室の住人だった。パンツスーツに身を包んだ黒髪の若い女性だ。

彼女もどこからか帰ってきたのだ。今度はこちらを一瞥もせずに部屋に戻ろうとしている。

「あ、あの……こんばんは。昨日ここに越してきた時透といいます」

時透は声をかけた。

女性はドアを開けようとしていたが、動きを止めてこちらを見た。

「何か？」

女性は冷たい声音で素早く言った。無表情だった。眉《まゆ》をピクリとも動かさない。

「えーと……この箱とカゴは何かなと思いまして……」

時透はその様子に圧倒されておずおずと言った。

「発泡スチロールの方は夕食が入っている。食べ終わって同じところに置いておけば回収してくれる。カゴの方は洗濯物入れ。洗濯してほしいものを入れておけば、これも回収されて翌日戻ってくる」

女性は一瞬でも時間を無駄にしたくないのか、早口で一気に話した。

「あ、ありがとうございます……」

時透の礼の言葉が終わらぬうちに、女性は部屋の中に入り、ドアを閉めてしまった。

綺麗《きれい》な女性なのに、性格に難があるようだ。ちょっと聞いただけなのだ。あんなに冷たい態度を取らなくてもいいだろうに。

時透は内心で愚痴《ぐち》をこぼしながら発泡スチロールの箱を持ち、部屋の中に入った。

部屋で箱を開けると中には女性が教えてくれたとおり弁当が入っていた。

ご飯の上に海苔《のり》が敷かれ、そしていくつかのおかず。のり弁だった。

空腹だった時透はすぐにその弁当を食べた。弁当は冷えていて、ご飯も硬く、あまり美味しくはなかった。部屋の中を見る限り、弁当を温めるための電子レンジのようなものはなかった。

食べ終わると弁当の容器を発泡スチロールの箱に戻して、部屋の外に置いた。同時に昨日着ていた、六村に殴られて血の付いた服を、大丈夫だろうかと思いながらも、洗濯物回収用のカゴに入れた。

通路には誰もいない。足音一つしない。死んだように静まり返っていた。

部屋に戻り考える。このアパート群にはあの坂道を埋め尽くすほどの、大勢の人々が住んでいるのだ。皆、それぞれの部屋で自分と同様、息を潜めるようにして生活しているのだろう。ふと隣人の女性のことを思う。スーツを着ていたが、彼女はいったいどんな仕事をしているのだろうか――。

時透はそんなことを考えながらも、疲れからだろう、気づくと寝てしまっていた。

翌朝八時には起きることができた。ドアを開けると発泡スチロールの箱と洗濯カゴはすでになくなっていた。いったい、どのタイミングで回収されたのだろうか。新たな発泡スチロールの箱がないところを見ると朝食は抜きなのだろう。

支度《したく》を済ませて昨日と同じように部屋を出た。四〇二号室を見たが、そこから隣人の女性が出てくることはなかった。もうすでに出かけているのかもしれない。

階段を下りて、坂道を埋め尽くす群衆へと加わる。轟家電には九時半ぴったりに着いた。11番教室へと向かう。轟家電がオープンする十時直後に、生徒の老人たちは現れる。皆、ノートパソコンの入ったバッグを手にしている。

一コマ目の授業は十時半からだが、すでに席はすべて埋まっている。

時透はこの日も、積極的に質問をしてくる老人たちと戦い続けた。一コマ目が終わるとすぐに社員食堂へと向かった。朝食は抜かれ、夜はまた質素な弁当だと考えると、この昼食でできる限りの栄養を摂らなければならない。ありがたいことに、どのメニューの食券も社員証で購入ができた。時透は、この日、ハンバーグ定食を頼んだ。考えていたとおりのボリュームで腹を満たすことができた。満腹になったことを力にして、午後からの三コマも何とか乗り越えた。

また午後七時に轟家電を出て、アパートへと帰る。部屋の前には弁当の箱と昨日出した洗濯物が同じカゴに入って戻ってきていた。

部屋で服を確認したが血の跡は綺麗になくなっていた。この日の弁当は唐揚げ弁当だった。海苔弁よりもボリュームはあるが、物足りない。

弁当を食べ終え、冷蔵庫のミネラルウォーターを飲み、ようやく一息ついた。

途端、重苦しい不安に襲われた。それはムクムクと急速に成長し恐怖へと変わる。

もしかしたらずっとこの生活が続くのだろうか。時透が所持しているのは、おそらく轟家電から支給されたであろうスマホだけだった。通話専用端末のようでネットにも繋がらなかった。財布や身分証明書の類の一切を失っていた。六村金融の奴らに身ぐるみ剝《は》がされてしまったのだ。別に監視されているわけではなさそうだから、自由にこのアパートから出ることはできるのだろう。だが、それから何ができるのか。何もできない。

身分を証明するものが何一つなく、金は一銭もないのだ。コンビニを見つけたとしても何も買えない。バスにも電車にも乗れない。ヒッチハイクでもしながら東京へ戻るか。たとえ戻れたとしてそこからどうする。また六村金融の奴らに見つかってしまうかもしれない。

やはりこの町で、轟家電で働き続けるしか、今の自分には生きる道はないのだ。

時透は翌日からも轟家電に出社し、パソコン教室の講師として働き続けた。朝から晩までハードな講義をこなし、昼は社員食堂でできるだけ腹《ふく》が膨れるように定食を食べ、部屋に帰ってからは冷たい弁当を食べる。この繰り返しだった。夜の食事を終えて、シャワーを浴びると何もすることがなかった。

この部屋にはテレビやラジオなど、時間を潰せるようなものが何一つなかった。時透は眠くなるまで窓からK市の夜景をずっと眺《なが》めていた。

数日前まで、大きな借金を抱えてはいたが、東京の街で自由に生活できていたのが嘘のようだった。まるで遠い昔のように思える。

今、自分はこの町に囚われているのだ。自分が時透稔であることを証明するものは何一つない。すべて剝奪《はくだつ》されてしまった。このアパートを出て、眼下に見える夜景の中に飛び込んだとしても、おそらく生きることはできないだろう。誰からも存在を認めてもらえず、まるで亡霊のように、町を彷徨い続けて、飢え死にしてしまう未来が見える。このアパートが唯一、自分の存在を認めてくれる場所なのだ。

やはりこの現実を受け入れるしかないのだと悟った。

ふと六村の言葉を思い出した。六村は、死ぬ気で働けば借金は一年間で完済できる、と言っていた。一年くらいだったら、この生活でも何とかなりそうな気がした。下手なことを考えてはダメだ。たった一年だ。必死にやれば一年間なんて、あっという間だ。そういうふうに時透は自分自身を説き伏せるしかなかった。

毎日、パソコン教室の授業を続けていると、御厨の言うとおり少しずつだが授業のコツが摑めてきた。ある程度の質問であれば、それほど時間をかけずに答えることができるようになった。

老人たちが持ってきているノートパソコンは、すべて轟家電の三階のパソコンコーナーで買ったものらしい。価格を聞いて驚いた。三万円台でパソコンを購入したというのだ。皆、国内メーカーのパソコンを使っていた。OSは最新のウィンドウズ11《イレブン》搭載モデルでオフィスも付いている。パソコンの頭脳と言われるCPUも高性能なもので、内部ストレージもSSDと、普通に購入すれば十万円以上はする商品なのは間違いなかった。

しかもパソコンの設定も、すべて無料でやってくれたとのことだった。東京にいた頃、何度か家電量販店でパソコンを購入したことがあった。店にはパソコン設定の専門スタッフがいて案内を受けたこともある。要はパソコンの設定を有料ではあるが、代理でやってくれるというサービスの案内だった。時透は当然、パソコンの設定は自分でできるからと断ったが、参考程度に金額を聞いたところ、たしか出張設定で三、四万はかかると言われたはずだ。それを轟家電では無料で行い、さらに三ヵ月間、無料でパソコン教室にも通えるのだ。パソコンを購入した老人たちには至れり尽くせりの夢のような話だが、その方法で轟家電はいったいどこから利益を生み出しているのだろうか。

もしかしたらこのパソコン教室は三ヵ月間の無料期間が終わると有料に切り替わるのだろうか。だが教室内にはそういった金額を提示したパンフレットなどは一切なかった。御厨に聞けばよいのだが、時透が働きはじめてからの数日は、様子も見に来てくれたが、それ以降は一切、向こうからは姿を見せなかった。ときどき、通路を早足で歩いている後ろ姿を見かけることはあったが、常に忙しそうで声をかけることができなかったのだ。

御厨からは放任されている状態だったが、授業は概《おおむ》ね上手くいっていた。

生徒の老人たちもほぼ同じ顔ぶれのため、授業を重ねるごとに距離が縮まり、老人たちと雑談もできるようになった。生徒の老人たちは御厨が言っていたとおり、独り身が多かった。

普段、老人たちには話し相手がいないせいか、パソコンの授業そっちのけで嬉しそうに話し続ける生徒も少なくなかった。それも時透は御厨の指示を守り、できるだけ無下にせず、親身に対応した。中には一度話し出すと止まらない老人もいて、対応に困ることもあったが、基本的にはいい人ばかりだった。だから【インターネット講座】内にあるウイルスについての質問を受けたときは心苦しかった。

それでも時透は、御厨に言われたとおり、コンピューターウイルスの恐怖を煽り、近年ではパソコンから人間に感染するウイルスも存在するから細心の注意を払わなければなりません、と鹿爪らしい顔で話した。何の知識もない老人たちは時透の話を信じて恐怖に怯えた顔をしていた。心が痛んだ。

老人たちは皆、真剣にパソコンを覚えようと通っていたが、一際、熱心な生徒がいた。

井上《いのうえ》という名の男性だった。教室の受講には回数制限がなかった。三ヵ月の無料期間中であれば何回でも授業を受けることができた。基本的にはほとんどの生徒が一日一コマを受けて帰っていたが、井上は毎日通ってきて、最低でも一日二コマは受けていた。日によっては三コマ受けることもあった。

何度目かの授業のとき、井上はK市に来る前は、東京に住んでいたと教えてくれた。時透も以前は、東京に住んでいたことを話し、そこでの住所が、偶然、近所だった。井上は他の生徒と比べると、あまり雑談をするタイプではなかったが、この話題で今までよりも距離が縮まったような気がした。

ある日、時透は井上に、なぜそれほど熱心にパソコン教室に通うのかを聞いてみた。

すると井上は少しの沈黙の後、徐《おもむろ》に話し出した。井上には病気で寝たきりの奥さんがいるとのことだった。奥さんの体調と諸々《もろもろ》の状況を考慮し、東京からK市に移住してきたというのだ。その奥さんがパソコンをやりたいらしい。だが、奥さんの手足は思うように動かない。だから井上が奥さんの代わりにパソコンを覚えて、奥さんの願いを叶《かな》えたいということだった。

聞いてみたはいいが、想定外の重い内容に時透は黙ってしまった。

そう言いながらも実は、妻の介護で来てくれる女の子が、私がパソコンを覚えると、すごく褒めてくれてねえ。それが嬉しいんだ。男はいくつになっても若い女の子が好きらしい。

そう話して、最後は笑いに変えてくれたから助かった。

こういった強い想いを持って授業を受けに来てくれる生徒もいるのだ。その想いに応えるべく時透は真剣に講師の仕事に打ち込んだ。仕事をしている時間だけが、人間らしく生きられているような気がした。仕事が終わるとあいかわらず抜け殻の状態が続いた。一週間に一度、日曜日だけが休みだった。当然、やることなどなく一日中、部屋に引きこもっていた。

やはり町へ出かけるなどという選択肢は存在しなかった。

そもそもいくら働いても轟家電から給料が出ることはなかった。形式上は支払われているのだが、それはすべて借金の返済分として天引きされる。手元には金が一円もなかった。

そして気づけばK市に来てから三ヵ月が経過しようとしていた。

ある日、ひさしぶりに御厨が時透のもとに現れた。

「時透さん、お疲れ様です。頑張っているみたいじゃないですか。生徒さんからの評価も上々ですよ」

御厨はあいかわらず摑みどころのない飄々《ひょうひょう》とした調子で言う。

「そうなんですか？　ありがとうございます」

時透は生徒からの評価など、考えたこともなかった。ただこの三ヵ月間、必死にやってきただけだった。

「我々はきちんと生徒さんからヒアリングをしているのです。時透さんの授業はわかりやすくて、相談事なんかも親身に聞いてくれると評判になってますよ」

「はい……。ありがとうございます」

時透は重ねて礼を言う。それ以外の言葉が見つからないのだ。

「それでですね。今日は重要なお知らせがあります」

御厨は楽しそうだ。反対に時透の頭にはすでに不安がよぎっていた。

「時透さんには、明日から部署を異動していただきます」

「異動？　まだ三ヵ月しか経っていないのにですか？」

まさか異動を言い渡されるとは思わなかった。まったくの想定外だ。

「あなたが優秀だからですよ。本当に上手くゆけば一年で借金が返せるかもしれませんね」

御厨は平然と言う。

「ちょっと待ってください？　御厨部長は私が借金していることを知っているんですか？」

「もちろんですよ。六村金融から借りたお金を返すためにここに働きに来られた。合ってますか？」

「は、はい……」

いったい御厨は、自分のことをどこまで知っているのだろうか。もしかしたら借金の正確な額まで把握されているのかもしれない。だが時透にはそれよりも気になることがあった。

「御厨部長、先ほど、上手くゆけば一年で借金が返せると仰ってましたよね？　それはどういう意味なのでしょうか？　六村金融は、ここでパソコン教室の講師として一年間働けば借金をすべて清算すると言っていました。違うのでしょうか？」

時透が、六村金融の事務所で拷問を受けたときに、六村金融の代表である六村豪徳は間違いなく自分にそう言ったのだ。

「ああ。それは六村の人間が何か勘違いしてるんじゃないですか？　時透さんの借金は一千万を超えてますよね？　それが住む場所も与えられて、さらに食事も付いてきて、お爺さんお婆さんに世間話をしながらただただパソコンを教えるような仕事をたった一年続けただけで返せるわけないじゃないですか」

やはり御厨は自分の借金の額を把握していた。御厨の口からあたりまえのように六村金融という名前が出た。それがひどく恐ろしかった。轟家電は自分以外にも、六村金融から借金の返済をカタに、人を受け入れているのだろう。轟家電はヤクザと繋がっているのだ。やはりまともな会社ではなかった。

「そ、それじゃあ僕が新しい異動先の部署でまた結果を残せば一年間で返済は可能ということですよね」

ここまで取り込まれてしまって、後戻りなどできるはずがない。たとえどんなひどい仕事であったとしても、それを何とか乗り越えて一分一秒でも早く借金を完済する。そういう思考に切り替わっていた。

「そのとおりです。異動先でもしっかり結果を残してもらえば一年間での完済は可能です。新部署の部長も私が兼務していますよ。期待してますよ！　今後もどうかよろしくお願いします！」

御厨はにこやかな笑顔でそう言って手を差し出してきた。時透は覚悟を決めたはずだったが御厨の手を握り返すのが恐ろしかった。手が震えてしまう。何とか震えを止めて御厨の手を握り返した。その手のひらは、ぐにゃぐにゃと気味が悪いほどに柔らかく、そして酷く冷たかった。

7章 漂流者

時透は御厨に新しい部署へと案内された。時透が新たに配属となったのはパソコンサポート部だった。パソコンサポート部の事務所は、パソコン教室と同じ四階のバックヤードの一室にあった。事務所ではおよそ十名の人間が働いていた。皆、それぞれのデスクにつき、ノートパソコンを前にして仕事をしている様子だった。

「時透さんのデスクはこちらになります」

唯一、誰も使っていない、部屋の隅にあるデスクに時透は案内された。デスクの上には、他のデスクと同様、ノートパソコンと固定電話、そして数枚の書類が置かれていた。

「まずは簡単な仕事です。この書類は顧客リストです。これに載っているお客様に電話をしてください」

御厨はデスクに置いてあったリストを掲げて言った。

「リストに載っているのは、どういったお客様なのですか？」

時透はまた不安になり質問をした。

「パソコン教室で三ヵ月間の無料受講を完了されたお客様です。これらのお客様に調子伺いの電話をかけてほしいのです。その後どうですか、というふうに。おそらくほとんどのお客様が困っているから助けてほしい、と言ってくると思います。その場合はこちらから出張の提案をしてください」

御厨はつらつらと答える。

「出張は有料で行くのですか？」

「いえ。無料ですよ」

御厨はこともなげに言う。

「御厨部長……ずっと不思議に思っていたのですが、轟家電はどこで利益をあげているんですか？　教室の生徒さんに聞きましたがパソコンは破格で販売して、出張しての設定も無料、パソコン教室も三ヵ月無料で、さらに調子伺いをして、その出張も無料だと単純に大赤字だと思うのですが……」

轟家電はヤクザと繋がっている。だからあまり内部事情を聞くのはまずいだろう、と躊躇していた。だが部署が異動になり、今、時透は新たな仕事を任されようとしている。いったい自分は何をやらされているのだろう、という疑問が恐怖を上回った。

「そのとおりです。現状は大赤字です。実はここからなのですよ。ここからしっかり利益をあげていきます。今までの破格のパソコン販売や設定、パソコン教室の無料講座はそのための布石です」

時透には御厨の言っている意味がまるでわからなかった。パソコンも購入して、設定も完了し、パソコン教室の受講も完了しているのだ。さらに調子伺いで、それも無料で対応しようとしている。その先にどのような利益のアテがあるのだろうか。

「そうですか……それとお聞きしたかったのですが、なぜパソコン教室の受講は無料での三ヵ月のみなのですか？　有料に切り替えても生徒さんは通ってくれると思うのですが……」

轟家電のパソコン教室は不思議なことに、轟家電でパソコンを購入した客のみを対象としていた。そして無料期間の三ヵ月間しか通うことができないのだ。やはり毎日、教室に通ったとしてもインターネットは別として、まったくのパソコン初心者、しかも高齢者が、ワードとエクセルを三ヵ月で一通り習得するのはかなり難しい。実際、ほとんどの受講者が有料でもいいから受講させてほしいと言っていた。だが、時透にはどうにもできなかった。

「これにもきちんとした理由があります。それもじきわかりますよ」

結局、御厨は何も教えてはくれなかった。

「まずはとにかく電話をしてみてください。出張のスケジュール管理はすべてパソコンで行います。日程が決まったら希望の日時、それとお客様の名前と住所も入力してください。とりあえず今日中にリストに記載されているすべてのお客様に電話をして、すべてのお客様の日程を決めてください」

「ちょ、ちょっと待ってください。今日中にすべての日程を決めるんですか？　電話自体、繋がらなかったり、繋がったとしても、そもそもパソコンに問題ないからと出張を断られる可能性もあると思うのですが……」

　また答えてくれないかもしれないとは思ったが、時透は質問せずにはいられなかった。あまりにも不可解なことが多すぎる。

「時透さんは優秀ですがあいかわらず心配性ですねえ。大丈夫ですよ。パソコン教室の受講者たちはほぼ毎日、通ってくるほどの暇人ばかりですから。教室に通えなくなった今、ほとんどの人が家にいると思います。もしも繋がらなかったとしても、近所のスーパーかどこかに出かけているだけですから。時間を開けて、またかければ大概繋がります。出張を断られることもありません。かけてみればわかります。それでは、私、そろそろ行きますね。いつものとおり休憩は十二時になったら取ってください。上がりは十九時でお願いします」

　御厨はそう言い終えると、またすぐにいなくなってしまった。

　時透は仕方なく椅子に座りデスクに向き合う。周りを見ると皆、黙々と仕事をしている。ここで働いているのは全員男性だった。年代には幅があり、おそらく、二十代から四十代くらいの人たちに見えた。もしかしたらここにいる何人かは時透と同じアパートの住人かもしれない。

それでもジロジロ見るわけにはいかないし、さらにそれぞれのデスク同士にも距離があり、隣の席の人間に気安く話しかけられるような雰囲気でもなかった。皆、恐ろしいほどそれぞれの仕事に集中していて、誰かと雑談をしているような人間は一人もいない。新しく入ってきた時透には、誰も、一瞥すらしない。

とにかく御厨に言われた仕事をするしかないようだ。先ほどのリストを改めて確認する。よく見ると見知った名前ばかりだった。リストに載っていたのは、時透が、この三ヵ月で受け持ったパソコン教室の受講生の名前だった。

少しだけホッとした。電話営業の経験がないわけではなかったが、やはり見知らぬ人間に突然、電話をするのは緊張する。リストに載っている生徒たちとは、ほぼ全員と話したことがあった。

まずは誰に電話をかけようか、それともランダムにではなく、上から順にかけるべきなのか、と思案していたときに井上の名前を見つけた。

井上さんなら話しやすいし、あれだけパソコンを習うのに熱心な人だから、出張に行かせてくれと言って、断られることはないだろう。時透は井上に電話をかけることにした。

登録されている番号は携帯電話だった。数回の呼び出し音が鳴った後、電話は繋がった。

「もしもし。井上様の携帯電話でしょうか？」

『はい……。そうですが』

誰から電話がかかってきたかわからないのだろう。井上の声はあきらかに警戒している様子だった。

「井上さん、お世話になってます。轟家電の時透です」

『おお。時透先生かあ。急に知らない番号からかかってきたからびっくりしたよ』

相手が時透だとわかると、すぐに井上の警戒心は解かれた様子だった。

『時透先生、本当にちょうど良かった。実は今、パソコンのことで困っているんだ……』

「どうしました？」

『インターネットをやっていたら急に変なメッセージが出てきて……画面も消せないんだよ』

「メッセージってどんなメッセージですか？」

『えーと、このパソコンはシステム障害が起こっています。システムを修復するにはこちらのボタンを押してくださいって出るんだ。一回、そのボタンを押したんだけど、次にこちらに電話をかけてくださいってまた違うメッセージが出てきて、何だか怪しいと思ったから電話はかけていない』

おそらく単純なアドウェアだろう。そのまま電話をすればカタコトの外国人に繋がり、今、使っているパソコンには重大なシステム障害が起こっている。これを改善するためには修復ソフトを買って入れなければ直らない、と脅されるのだ。そのまま指示されるとおりにすると、パソコンを遠隔で操作された後、クレジットカード番号の登録を促《うなが》され、登録するとわけのわからない高額なソフトを購入させられてしまうのだ。

「井上さん、賢明でしたね。そこで電話をしていたら大変なことになっていましたよ」

『やっぱりそうか。先生の授業を受けていてよかったよ。ウイルスの恐ろしさは先生に何度も教えてもらったから。そうじゃないかと思ってはいたんだけど、どうにも私では判断がつかなくてね』

そう言われて時透の胸は痛んだ。あのテキストはあきらかに過度な内容だった。だが、そのおかげで井上は詐欺《さぎ》に引っかからずに済んだのだ。そう考えると胸の痛みは少し和らいだ。

『だけど困ったことに画面が消せないんだ。右上にあるバツのボタンを押しても何の反応もないし。これは電源ボタンを押して強引に消してしまっていいのかな……』

井上は不安そうに聞いてくる。

「そうですか。電源を長押しすれば強制的に消せますが、システムに負荷がかかるのでできれば避けたいですね。井上さん、実は僕が電話させてもらったのは、パソコン教室が終わってから、その後、問題なくパソコンが使えているかどうかの確認と、もしも何かお困りごとがあったら出張で診《み》に行きますよ、というご案内だったんです」

『えっ？　本当かい？　ぜひ来てくれたら助かる！　いつ来れそうかな？　できるだけ早い方が助かるんだけど……』

「わかりました。今、お伺いできそうな日をすぐに確認いたしますね……少々お待ちください」

電話を保留にすると時透はパソコンのソフトを起動して出張のスケジュールを確認した。

「井上さん、お待たせしました。最短ですと明日の午前中にお伺いできますよ」

『早いね。本当に助かるよ。明日来てくれるなら、この状態のパソコンを触るのも怖いからそのままにしておくよ』

「わかりました。問題ないと思います。それでは明日の午前中にお伺いしますのでよろしくお願いいたします」

井上にとっては災難だったが、こちらとしてはタイミングが良かった。もしも出張を断られたらどうしよう、と内心ドキドキしていたのだ。誰が出張に行くかは知らないが、最低限のパソコンの知識があれば、瞬時に解決できる内容だった。

幸先《さいさき》がいい。このままどんどん電話をかけよう。

時透はリストを元に次々、電話をかけた。数件、繋がらない客はいたが、御厨に言われたとおり、少し時間を開けて、かけ直すと繋がった。

結果、リストに載っているすべての客に電話が繋がり、そのすべての客への出張の日程が決まった。御厨に与えられた任務をきちんと遂行できて良かったのだが、素直に喜べなかった。どうにも理解しがたい不可解なことが続いたからだ。

最後の客の日程調整が終わり、時計を見ると十九時になろうとしていた。事務所に残っているのは、時透一人だけだった。皆、いつのまに帰ったのだろうか。不思議なことに全然、気がつかなかった。

「お疲れ様でしたあ」

もはや聞き慣れた軽薄な声と共に御厨が現れた。

「時透さん、初日どうでした？　お客様に電話できました？」

「はい……。リストのすべてのお客様に電話が繋がって、すべて、出張の日程も決まりました」

「おお。さすが時透さんですね。やはり期待に応えてくれますねえ」

「ありがとうございます。ですが、不思議なことがありました……」

「不思議なこと？　いったい何ですか？」

「電話が繋がったすべてのお客様の大半が、アドウェアに困っていました。だからあっさりと全員の出張の日程を決めることができました」

「おお。それは良かった。優秀な人にはやはり運も味方するのですねえ」

「偶然だとは思えません。これまで生徒さんはご自宅でも教室でもインターネットをされていましたが、アドウェアが出て困っているという相談はほとんどありませんでした」

「ほお。それは素晴らしいですね。やはり時透さんのセキュリティ対策の講義が生徒さんに行き届いた証拠じゃないですか？」

駄目だ。どんな伝え方をしても御厨は真剣に自分の話を聞く気がないらしい。

「とにかく、そんなわけのわからないアドウェアのことをここで考えても仕方がないじゃないですか。明日、直接、その目で見て確認してきてください」

「直接、目で？　どういう意味ですか？」

時透は御厨の言葉の意味がわからず質問をした。

「あれ？　言ってませんでしたっけ。今日決めていただいた出張はすべて時透さんに行っていただくことになりますので」

「え？　僕が行くんですか？　大丈夫でしょうか……」

客の家に行って、パソコンのトラブルを解決するなどという仕事は、やはり一度も経験がない。見知った客のところに行くとはいえ、不安しかなかった。

「大丈夫ですよ。時透さんに行ってもらわないと意味がありません」

「僕じゃないと意味がない……」

「そうなのです。実はあなたにしか成功できないミッションがあるのです」

また御厨はわけのわからないことを言う。不安が重くのしかかる。

「どのようなミッションなのでしょうか……？」

時透は恐る恐る聞いた。

「これです！」

そう言って御厨は何かパンフレットのようなものを時透のデスクの上に置いた。

表紙には擬人化されたノートパソコンのキャラクターのイラストが書かれていた。イラストの上には【トドロキパソコンサポート】という言葉があった。

「トドロキパソコンサポート……」

「はい。そのとおりです。トドロキパソコンサポート、略してＴＰＳと社内では呼ばれています。轟家電が運営しているパソコンの保守管理サービスです。このサービスをこれから出張に行くすべてのお客様にご案内してきてほしいのです」

「どういう内容のサービスなのですか？」

「ですからパソコンの保守管理サービスです。パソコンは買って終わりじゃないですからね。ＴＰＳの会員になればパソコンの出張点検サービスが、年五回まで受けられます」

パソコンの出張点検——そんなものこれまで一度も聞いたことのない言葉だった。

「パソコンの点検というのはいったい何をやるんですか？」

「アドウェアやマルウェアに感染していないかを確認したり、システム的な不具合がないかをチェックしたり、パソコンを使っていてわからないところがあれば、聞いて解決してあげます。そんな感じです」

時透は体裁上、ウンウン、と頷く。たしかにパソコン教室に通っていた老人たちは、オフィスの操作だけでなく、パソコンの使い方やトラブルをひどく心配していた。パソコン初心者の老人たちにとっては喜ばれるサービスなのかもしれない。あとは料金の問題だろうか。まさかこのサービスまで無料ということはないだろう。

「なるほど。パソコン教室に通っていた生徒さん向けと考えれば喜ばれるサービスかもしれませんね。ちなみに料金はどのくらいするのですか？」

「月額五万円です。三年間の契約となります」

「月額五万円……」

想定外の金額だった。時透はこういったパソコンサポートなるもののサービスを他には知らなかったので、比較しようがなかったが、一般的な尺度から考えても高額であることは間違いなかった。月に五万円ということは年間六十万円。三年間で百八十万円もかかることになるのだ。もしかしてこの【トドロキパソコンサポート】に加入させるのが最初からの目的で、パソコンを破格で売り、初回の設定もパソコン教室の受講も無料で行っていたのだろうか。だとしたらそれは失敗するとしか思えなかった。あまりにも価格設定が高すぎる。いくらパソコン初心者の何も知らない老人たちを相手にしているとしても、さすがにこんな金額では誰も加入などしないだろう。正直、このサービスに加入するくらいなら怪しげなアドウエアに引っかかり、高額なソフトを買わされた方がまだマシな気がした。

「御厨部長……さすがに月額五万円というのは高すぎると思います。僕は過去に訪問販売の経験もありません。僕がお客様にご案内しても、加入していただける自信がありません」

時透は正直に言った。

「時透さん、大丈夫ですよ。パソコン教室の講師だって、経験がなかったのにしっかりと結果を出したじゃないですか。時透さんが行けば、お客様は必ずＴＰＳに加入してくださいますよ」

なぜ御厨は何の根拠もなく、こんなことが言えるのだろうか。時透にとっては御厨の言葉は重荷でしかなかった。

「ただご案内するときに一つだけコツがあります。ＴＰＳは最後に案内してください。まずはアドウェアを削除してあげて、その後、お客様のパソコンに対するお困りごとを解決して差しあげる。そして最後にＴＰＳの話をするのです」

「わかりました」

時透はもはや頷くしかなかった。

「店舗の裏手に社用車専用の駐車場があります。明日は、そこの車を使って出張に行ってください」

そう言って御厨は時透に車の鍵を手渡した。

翌日、時透は御厨に言われたとおり、朝から社用車に乗って出張に出かけた。社用車は白いワゴン車だった。車の側面には轟の一文字を丸で囲んだ、轟家電のロゴがペイントされていた。その日は三件、客のもとへ訪問する予定になっていた。まずは昨日、最初に電話をして訪問日を決めた井上の家へと向かう。

井上の住まいはK市の中心部にある高層マンションの一室だった。

井上は日当たりの良い広いリビングで待っていた。いつもパソコン教室に持ってきていたノートパソコンは高そうな無垢《むく》の木のテーブルの上に置かれていた。

「いやあ時透先生、わざわざ来てくれてありがとう。本当に助かるよ」

井上は嬉しそうにそう言って、時透に頭を下げた。

「いえいえ。こちらのほうこそ、昨日は急にお電話をして申し訳ありません。でもよかったです。タイミングが良くて」

「本当だよ。私は運がいいよ。それじゃあ、さっそく見てもらっていいかな?」

「わかりました。拝見いたします」

ノートパソコンの画面には予想どおり、システム障害が発生しています、というメッセージがウィンドウと共に点滅していた。画面右上にある終了ボタンをクリックしてブラウザを閉じようとしたがやはり反応しない。時透はキーボードのコントロールキーとアルトキーそしてデリートキー、三つのボタンを同時に押して、セキュリティオプションに画面を切り替えた。そこからタスクマネージャーを起動する。アプリの一覧にあるマイクロソフトエッジを選択してタスクを終了するボタンを押した。ブラウザと共に点滅していたウィンドウとメッセージが消えて、元のデスクトップ画面に戻った。

「おお！　さすが時透先生だ！　メッセージが消えた！」

井上が声をあげる。

「これで問題ないと思いますが一応、再起動してパソコン本体のチェックもしておきますね」

時透はパソコンを再起動した後、セキュリティソフトで本体のスキャンを行い、不要なソフトがインストールされていないかのチェックも行った。

「確認しましたが大丈夫です。ウイルスにも感染していないし、おかしなソフトが入っている形跡もありません。通常どおり使えます」

「本当にありがとう！　一時はどうなることかと思ったけど、時透先生のおかげで助かったよ！」

「いえいえ。電話でもお伝えしましたが、僕がすぐに対処できたのは井上さんが賢明な判断をされたおかげです。もしもメッセージの誘導のまま、電話をしたり、クレジットカード番号を入力していたら、正直、かなり厳しい状況になっていました」

これは本当のことだった。もしもクレジットカード情報を入力してしまえば、相手の連絡先などもわかるはずがないので、キャンセル自体も難しくなる。結果、クレジットカードの利用を止めるしか対処法がなかったりもする。

「それも時透先生のおかげだよ。先生のウイルスの授業があったから、あそこで踏みとどまれたと思う。もしも何も知らなかったらびっくりして電話をかけて、クレジットカードの番号も入力してしまっていたかもしれない」

時透はこの和やかな雰囲気が徐々に恐ろしく思えてきた。この後、時透には大きな仕事が待っている。それがこの雰囲気をすべて壊してしまう未来しか見えなくなっていた。

その後、井上からワードやエクセルの操作についていくつか質問を受けた。やはりそれも他愛《たわい》ない質問で、すぐに解決できた。

和やかな雰囲気は続く。一段落すると、井上はコーヒーを淹《い》れてくれた。

「本当だったら妻からも先生に挨拶させたいんだけど、やっぱり体調が優れなくてね。申し訳ない」

リビングの奥にも部屋があるようで、そこは二枚の大きな格子柄の引き戸で仕切られていた。この向こう側に井上が寝たきりだと言っていた、彼の妻がいるのだろう。

時透は井上が淹れてくれたコーヒーを飲みながら、このままこの家を出ることができたのならどんなにか楽だろうと考えた。だがそういうわけにはいかないのだ。

午後からは二件目の出張も控《ひか》えている。時間は限られていた。

時透は意を決して、バッグからＴＰＳのチラシを取り出した。

「井上さん、実はご案内したいことがありまして」

「ん？　何だい？」

抱えていた問題が解決し、安心しきった様子でのんびりとコーヒーを飲んでいる井上が答えた。

時透はすかさずチラシを差し出した。

「轟家電では【トドロキパソコンサポート】という名称のパソコンの保守管理サービスを行っています。井上さんも今回のトラブルでご理解いただけたと思うのですが、パソコンは買って終わりではありません。今回はアドウェアという詐欺ソフトに関連するトラブルでしたが、それ以外でもご利用いただく中で、様々なトラブルに見舞われる可能性があります。この保守管理サポートにご加入いただければ、今回のように無料で出張してトラブルの解決に当たることができます。それ以外に定期的なメンテナンスも……」

「時透先生、それで結局、これはいくらするの？」

時透はここに来るまでに必死に考え、準備してきたセリフをすべて話し終える前に中断させられてしまった。金額は、チラシには書かれていなかった。金額についてはＴＰＳの内容をすべて話し終えてから伝えたかった。だがこうなってしまっては仕方がない。

「はい……。三年契約になっていまして月額五万円かかります」

井上は時透の答えに何の反応も示さなかった。井上は口元に手をあてがい、何かを思案していたようだった。

やはり駄目なのだ。こんな高額なサービスに加入するはずがない。

「時透先生、すまない。少しここで待っていてくれないか」

井上は急にそう言って、引き戸の奥へと消えた。やはり引き戸の奥には井上の妻がいるのだろう。何やら話し声が聞こえた。ほどなくして井上が戻ってきた。

「時透先生、お待たせして申し訳ない。そのトドロキ何とかというサービスに加入するよ」

「え⁉　ほ、本当ですか⁉」

時透は驚きのあまり声が上擦《うわず》る。

「ああ。今、妻と相談して決めてきた。加入するよ」

「ですが、まだ説明の途中でしたよ。最後までサービス内容を聞いてから判断されてもよいのではないかと思ったのですが……」

一件目で加入契約が決まるのは時透としてはありがたかった。だがあまりにもあっさりと決まってしまい、結果、急に心苦しくなり、そのような言葉が口から出たのだった。

「私は時透先生を信用しているんだ。先生が勧めるのなら私は間違いのないサービスだと思っている。だから説明を全部聞く必要はないと思った」

「ありがとうございます！」

時透は井上に向かって大きく頭を下げた。

「お礼は必要ないよ。時透先生だから私は加入を決めた。今後の出張も先生が来てくれるんだろ？」

「は、はい！　僕が次回もお伺いいたします」

次回の出張に誰が来られるかなどわからなかったが、こう答えるしかなかった。

加入契約書に、井上からサインをもらい契約は成立した。

月々の引き落としはカード決済になっている。時透は御厨に言われて、出先でもカード決済のできる小型のリーダー端末を持ってきていた。これを使ってカード決済処理も滞りなく完了することができた。

「井上さん、本当にありがとうございました。それでは今後ともどうかよろしくお願いします。またパソコンの点検時期になりましたら、こちらからご連絡させていただきます。奥様にもどうかよろしくお伝えください」

「うん。ありがとう。こちらこそよろしく頼むよ」

時透は井上と部屋の玄関口で挨拶をして、退出しようとドアを開けた。するとそこには女性が立っていた。チャイムを鳴らそうとしたところで急にドアが開いて驚いている。そんな様子だった。

時透は女性の顔を見て、一瞬、固まった。

それは時透の隣の部屋に住んでいる若い女性だった。普段見る姿とはイメージがまるで違った。長い黒髪は後ろで束ねられており、パンツスーツではなく上下スウェットのようなものを着ていた。

「ああ。もうこんな時間か……。めぐみちゃん、今、轟家電の方にパソコンの調子を診てもらってたんだ。ちょうど終わったところだよ」

「あっ。そうだったんですね。パソコンの調子が悪いってお困りでしたものね。ちゃんと直ったんですか？」

アパートで会ったときとはまるで別人のような柔らかで優しげな口調だった。

「ああ。バッチリさ。轟家電の時透先生に直してもらったんだ。ねえ、先生」

そう言って井上は時透の背中をポンと軽く叩いた。

「轟家電の方なんですね。だったら間違いないですね」

そう言って隣人の女性は時透に微笑《ほほえ》みかけた。時透は女性の笑顔を初めて見た。

「時透先生、もともと、轟家電でパソコンを買うように勧めてくれたのは神崎《かんざき》さんなんだ」

「えっ、そうなんですか？　それはありがとうございます！」

時透は驚きの感情を押し隠すように、大袈裟な仕草《しぐさ》で神崎という名の女性に礼を言った。

神崎は笑顔を時透に向けたまま恐縮している様子だった。

「それじゃあ、井上さん、これで失礼いたします。またよろしくお願いします」

「ああ。忙しいのに、引き止めてすまないね。こちらこそよろしく頼むよ」

時透は再度、振り返り、井上に頭を下げた。そしてドアを出て神崎とすれ違う瞬間に軽く会釈をした。

背後でドアがバタンと閉まる音が聞こえた。時透はエレベーターへと向かう通路を歩きながら考えた。神崎も自分に気づいていた。ドアを開けて、目が合ったときに、本当に一瞬ではあるが、表情が変わったことを、時透は見逃さなかった。

あの服装から考えると神崎は寝たきりになっている井上の妻の、介護の仕事をしているのではないだろうか。何の仕事をしているのか、と気になってはいたが、普段見るアパートでのパンツスーツ姿から、介護士の仕事は想像できなかった。

やはりあのアパートの住人たちは皆、K市内の様々な職場に派遣されているのだ。だが、今、このことを考えても仕方がない。次の出張が待っている。

駐車していたワゴン車に戻り、エンジンをかけたときには頭を完全に切り替えていた。

その日は二件目と三件目の出張を無事に終えて、六時には事務所の自分のデスクへと戻ることができた。時透の席には御厨が座っていた。

「お疲れ様です。お帰りなさい」

御厨は椅子をクルクル回しながら楽しそうだ。

「どうでした？　初めての出張は？　ＴＰＳは取れましたか？」

「はい。三件回って三件とも契約が取れました」

時透は答えた。

「さすがです。思ったとおりだ。やはりあなたには才能がある」

椅子をピタリと止めて、御厨はニンマリと笑う。

「才能？　才能なんか僕にはありません。それにお客様のところで営業らしい営業ができたわけでもありません。ＴＰＳの説明をしていたら、お客様がいつのまにか決断されて加入してくださった感じで……僕は何もしていません……」

出張に行った二件目も三件目も井上のときと同じようにすんなりと獲得することができた。両方とも井上と同じようにアドウェアを消せずに困っていた。それを削除したら大袈裟なほどに喜ばれ、その流れでＴＰＳの話をしたら高額にもかかわらず、迷うことなく加入してくれたのだった。

「それはあなたがパソコン教室で生徒さんに対し、親身になって授業を行った結果なのです。たしかにＴＰＳの月額料金は安くはありません。ですが、あなたに対するお客様の信用度がそれを上回ったのです。時透さんが勧めるサービスなのだから間違いないだろうと。高齢者のお客様は特に、商品を金額ではなく人で決める傾向にあります。だからすんなりと加入していただけた。あなたが積み上げた努力の成果ですよ」

そう言われてもまるで嬉しくはなかった。まだこのＴＰＳというサービスに時透自身が価値を感じているのであれば話はわかる。だが、年に数回出張してパソコンを診断するだけのサービスに月額五万円もの価値などあるはずがない。御厨はそれらしく言ってはいるが、単純に老人たちの人のよさにつけこんで、内容に見合わない高額商品を売りつけているだけなのだ。詐欺行為以外の何物でもない。

「ありがとうございます」

自分はあきらかに詐欺行為に加担している。時透は暗澹《あんたん》たる思いの中、それでも何とかこの言葉だけは発することができた。

「一つ気になることがありまして」

いくつもの疑問が積み重なり、まるで大量の魚の骨が喉奥に刺さっているかのような息苦しさを感じていた。少しでも骨を抜いておかないと苦しくて倒れてしまうかもしれない。

「気になること？　いったい何でしょう？」

御厨は顔に笑顔を張り付けたまま答える。いったい何がそんなに面白いのだろうか。こんな詐欺行為を働いていて何も思わないのか。この男の頭の中にはきっと良心の呵責《かしゃく》という言葉は存在しないのだろう。

「やはり先日お話ししたとおり、今日、出張に行ったお客様のパソコン、三件すべてが、同一のアドウェアに感染していました。アドウェアの種類は無数にあります。同じ種類のアドウェアが三件連続で続くというのは考えられません。それに無数にあるといっても世の中に横行している代表的なアドウェアは把握しているつもりでした。ですが、今回、削除したアドウェアはこれまで一度も見たことがありませんでした。削除できたので結果的にはよいのですが疑問に思いまして……」

御厨としてもこんなことを報告されてもどうしようもないことは、時透もわかっていた。だが罪悪感に苛《さいな》まれていた時透としては、こんなことでも報告することで、客のために少しでも意味のあることをやってきたと思いたかったのだ。

だが、それに対する御厨の答えは予想だにしない恐ろしいものだった。

「知らないアドウェアで当然ですよ。それは我々が仕込んだ時限式の、オリジナルのアドウェアなのですから」

言葉に詰まる。御厨の言葉の意味が理解できなかったのだ。

「時限式……オリジナルのアドウェア……それはどういう意味ですか……」

魚の骨が刺さった喉奥から時透はどうにか言葉をひっぱり出す。

「言葉のとおりですよ。お客様がパソコンを購入してからおよそ三ヵ月後にアドウェアが発動するようパソコンにプログラムを仕込んであるのです」

御厨はまるで昨日の夕飯の献立《こんだて》を教えてくれるような気安さで答えた。

「ま、待ってください……。プログラムを仕込むって、いつ仕込むんですか？　販売しているパソコンはメーカー製ですよね？　箱に入ったままのパソコンにどうやってプログラムを入れるんですか？」

「じゃあ、時透さん、あなたが入れたんじゃないですか？　パソコン教室の授業中に」

「ば、馬鹿な……。生徒のパソコンは、ずっと生徒の目の前にあるんですよ。そんなことできるはずがない」

自分がそんなことをするはずがないと時透はわかっているはずだ。だが唐突にそう言われて、なぜか狼狽してしまった。

「冗談ですよ！　冗談！　今、この話を初めて知ったあなたがプログラムを仕込むことなどできるはずがないじゃないですかあ」

いったいこの恐怖でしかない話の、何が面白いのだろうか。御厨は時透の狼狽ぶりを見て、手を叩きながら笑っていた。この男は狂っているのかもしれない。

「じゃ、じゃあどうやって？」

「簡単なことです。ウチでパソコンを購入いただいたお客様には無料出張サービスも付きます。このタイミングでプログラムを仕込むのです」

「出張時、お客様のご自宅でプログラムを入れるのですか？」

時透の質問に御厨は大袈裟なほど大きく首を振った。

「違います。そんなことをすれば怪しまれる可能性がある。購入されたパソコンはお客様に渡さずに一度、店で預かるのです。お客様には、すべての設定をお客様宅で行うと時間がかかりすぎてしまいます、面倒で時間のかかるところはお店で終わらせてから、パソコンを配達いたします、と言うのです。これで堂々と店の中でプログラムを仕込むことができます」

　たしかにこれは巧妙だと思った。何をどこまで設定するのかは知らないがネットやメールやプリンター設定などは現地でそれほど時間を取らずに終わるだろう。だがシステムのアップデートも一通り終わらせなければならないのであれば時間がかかる。下手したら丸一日かかるかもしれない。オフィスに使用するアカウントの取得やオフィスの紐《ひも》付けなどもマイクロソフトのサーバーで認証を行っているため、タイミングによっては現地で認証が失敗に終わるという可能性もある。これらのことを客に説明すれば、パソコンを店で預かることはそう難しくないように思えた。

「三ヵ月間の潜伏期間中、お客様はパソコン教室に通います。そこでウイルスの恐ろしさを刷り込まれます。そしてパソコン教室の授業が終わり、これからは一人でパソコンを扱わなければならないというタイミングでアドウェアが発動するのです。するとお客様はパニックになります。そのタイミングで電話をしてお客様のもとに駆けつけアドウェアを目の前で消してあげれば、我々がまるで神や救世主のように思えるでしょう。そのタイミングで信頼している人間からＴＰＳを勧められればかなり高い確率で契約に繋がるのです。まあ、そういうストーリーなのです」

　なぜこの男はこんな恐ろしい話をつらつらと平気な顔で話せるのだろう。

「御厨部長……いくら利益を挙げるためとはいえ、お客様のパソコンにアドウェアを仕込むというのはさすがにやりすぎではないでしょうか……」

多額の借金を抱えている時透にとって、それがどんな内容の仕事だったとしても、受け入れて全《まっと》うしなければ先がないことは理解していた。それでも三ヵ月間、ほぼ毎日、顔を合わせれば親近感も湧《わ》いてしまう。時透はできる限り老人たちを騙《だま》すような真似《まね》はしたくなかった。

「何の問題もありません。あなたがお客様宅へ行ってきちんとアドウェアを消しているのですから。これはパソコン教室の授業の一環だと考えてください。テキストだけでは伝わらないウイルスの恐ろしさを、身をもって体験してもらっているのです。お客様にとっては貴重な体験ですよ」

御厨はメチャクチャだった。ついさっきまでアドウェアの発動はＴＰＳに加入してもらうための必要なストーリーの一部であるようなことを言っておきながら、自分がほんの少し反論しただけで、これは授業の一環であると言い放ったのだ。あきらかに詭弁《きべん》でしかない。

「とにかく今日はよくやってくれました。明日からもこの調子でお願いしますよ」

御厨はそう言って、またさっさといなくなってしまった。

時透はアパートまでの帰り道、罪悪感に苛まれていた。

ＴＰＳに加入してくれた老人たちは本当に自分のことを信用してくれているのだ。時透を信用して入ってくれたサービスはハリボテだ。五万円の価格に見合うサービスなど何一つないのだ。

鬱々《うつうつ》とした気持ちで四階までの階段を上がり部屋のドアを開けようとしたとき、誰かが自分の背後を通り過ぎた。神崎めぐみだった。

「神崎さん」

時透は神崎の背後から名前を呼んだ。

神崎はピタリと止まり、振り返る。

「何？　名前で呼ばないでくれる」

振り返る瞬間、背中まである長い黒髪がふわりと舞った。格好はいつものパンツスーツに戻っていた。昼間とは違い、神崎はあきらかに不機嫌な様子だった。

「ごめんなさい……でも今日は偶然でしたね。まさか井上さんのところでお会いできるとは思いませんでした」

神崎は時透の言葉に何の反応も示さない。ただ黙ったまま、時透の顔を睨みつけるようにじっと見ていた。本当に昼間見た女性と同一人物なのだろうか。まるで別人のようだった。

「そんな話どうでもいいから早く用件を言って」

神崎は冷たくそう言い放った。

「えーと……正直、特に用件というのは……そうだ、よかったら少し話しませんか？」

下心がまったくないと言えば嘘になる。だがそれ以上にとにかく誰かと話がしたかったのだ。部屋に一人でいると今日のことを鬱々と考えてしまう。他愛もない話をして少しでも滅入《めい》った気持ちを軽くしたかった。

「話す？　なぜあなたと私が？　いったい何のために？」

それほど自分はおかしなことを言っただろうか。神崎は心底驚いている様子だった。

「特に理由はありません……だけど隣同士で、今日、偶然会えたのも何かの縁だと思うし、お話をして仲良くなれたらなと思いまして……」

時透はおずおずとした調子で言った。

「仲良く？　あなた馬鹿なの？　私たちの置かれた状況を、ちゃんと理解してる？　漂流者同士で仲良くなってどうすんのよ？」

「漂流者？」

神崎の口から発せられた漂流者という聞き慣れないフレーズが気になり、時透は思わず聞き返した。

「あなた……本当に何も知らないようね。漂流者っていうのは借金を返すためにこのアパートに流れ着いた人間たちのこと。私もあなたも漂流者よ。ちなみにこのアパートは漂流アパートと呼ばれている」

漂流者も漂流アパートも、初めて聞く言葉だった。だが想像していたとおりだった。やはりこのアパートには時透と同じように借金を抱えた人間しか住んでいないのだ。

「私たちはこの町に囚われている。囚人なのよ。ここでは人間としての一切の権利を取り上げられ、借金を返し終えるその日まで黙々と働き続けるしかないの」

神崎の言っていることは時透にも何となく理解できた。今の自分は免許証も保険証も持っていない。自分が自分であることを証明するものは何一つないのだ。金は一円もない。だから財布もなく当然クレジットカードも持っていない。持っているのは轟家電の社員証と通話専用のスマホだけ。社員証を使って昼飯を食べ、夜は質素な弁当が配給される。金が一円もないからどこにも行けない。休みの日は部屋に引きこもるしかなかった。

轟家電で働きはじめてから自分の状況はある程度、きちんと把握していたつもりだが、改めて他人から指摘され、現実を突きつけられると鬱々とした気持ちになる。

「絶望的な状況であることは理解しているつもりです……。ですが働いている会社の上司に一年間、必死に働けば借金を完済できると聞いています。これが一生続くわけではありません。自分はその日まで頑張ろうと思っています」

時透は何とか気持ちを奮い立たせて言った。

「一年間ねえ。そんなに上手くいくかしら。この町に一度、魅入られてしまうとなかなか手放してはくれないから」

どこかで聞いたことのあるセリフだった。思い出した。およそ三ヵ月前、このアパートに初めて連れてこられたときに、アパートの管理人の稲積という男から聞いたのだ。稲積は、たしかこの町に魅入られてしまうと、一生、町から逃れられないと言っていたはずだ。

「とにかく私は漂流者同士で傷を舐め合うつもりはないの。だからあなたと仲良くするつもりもまったくないの。今後、私を見かけても二度と声をかけないで」

神崎は辛辣《しんらつ》な言葉を時透に向けて放ち、四〇二号室へと消えた。

時透は一人、四階の通路に取り残された。自分はこれからどうしたらよいのだろうか――。しばらく考えたが答えは出なかった。

漂流アパートは死んだような静けさに包まれている。時透は自分の部屋へと戻った。考えることをあきらめ、漂流者としての責務を全うするかのように、静寂に身を委《ゆだ》ねるしかなかった。

8章 赤くて大きな冷蔵庫

時透は考えを改めた。神崎めぐみに言われた言葉で目が覚めた。囚人が仕事にやりがいを求めても仕方がない。時透の目的は一秒でも早く借金を返して、この町から逃れて自由の身になることなのだ。信頼を得たことで客に感情移入をして、罪悪感を覚えていても何にもならない。老人たちとは一生の付き合いになるわけではないのだ。だったら信頼されていることを武器として、仕事で結果を出し続ける。それしかないように思えた。

時限式のアドウェアに関してはたしかに卑劣ではあるが、自分とは関係ない。轟家電が勝手にやったことなのだ。

今、時透がやらなければならないこと。それはＴＰＳの新規獲得だった。

それから時透は、日々、客への架電と出張を繰り返し、ＴＰＳを案内し続けた。中にはやはり高額なサービス故《ゆえ》、難色を示す客もいたが、時透は何度断られても、客のもとへ足繁《あししげ》く通い続けた。

結果、時透は異動してきてから二ヵ月で、時透がパソコン講座で受け持った生徒全員をTPSに加入させることに成功した。

これには御厨も驚いたようで、諸手《もろて》を挙げて祝福に訪れた。

「時透さん、本当にすごいですね。わずか二ヵ月で生徒全員をTPSに加入させるとは。おみそれしました」

御厨の顔面には笑みが張りついている。気味が悪かった。できるだけこの男とは同じ空間にいたくない。

「ありがとうございます。次は何をすればいいですか？」

時透は感情を交えずに聞いた。上司だからといって必要以上に下手に出る必要はないのだ。きちんと結果を出してさえいれば何の問題もない。

「TPSの会員様には年に五回、およそ二ヵ月に一度のペースで出張点検に行くルールとなっています。先月、ご加入いただいた会員様は来月が点検月となります。対象のお客様に架電をして点検に伺ってください」

「わかりました」

二ヵ月に一度というのはあまりにもペースが早くないだろうか。積極的にパソコンを操作する会員には意味があるかもしれないが、全員がそうとは限らない。会員の使用状況によっては、何もやることがなく終わってしまうような気がする。

「その表情は二ヵ月に一度じゃ、ペースが早すぎる。行っても意味ないと思ってますね？」

何なのだろう。表情には出していないつもりだったのだが。この男は変なところで鋭い。

時透は心の中で大きくため息をついた。

「時透さん、突然ですがパソコンの点検サービスのことはすべて忘れてください」

また御厨はおかしなことを言いはじめた。

「どういうことですか？　ＴＰＳはパソコンの出張点検がメインのサービスですよね？　それをすべて忘れろというのは……」

「少し言い方が悪かったですね。パソコンの点検サービスはもちろん行います。ただそれにこだわることなく会員様が困っていることがあったら、話を聞いて何でも手伝ってあげてください」

「パソコン以外のことでも……何でもですか？」

「そのとおりです。以前にお話ししたとおり会員様は独り身だったり、病気のご家族がいたりと悩みを抱えている方が多いのです。その悩みを聞いてあげるのもいいですし、洗濯、料理などの家事を手伝ってあげるのもいいですね。庭の雑草を抜いたり、犬を飼っている会員様がいたら散歩してあげるのもいいですねえ。きっと喜ばれますよ」

御厨は嬉しそうに言う。

「待ってください。TPSはトドロキパソコンサポート、その名のとおりパソコンのサポートですよね？　契約書の約款《やっかん》にもそう記載されていました。それなのになぜ会員の生活全般のサポートもしなければならないのでしょうか？」

「約款にはパソコンサポート以外のサービスを提供してはならないとは記載されていませんよね？」

さらに御厨はわけのわからないことを言う。頭が混乱する。

指示されたことは何も考えずに実行する。それが最良の方法だと自らに言い聞かせていたのに――。あまりに一貫性のない御厨の不可思議な指示に対して、時透は質問を自制できなかった。

「御厨部長、ではははっきりと言います。僕はこの仕事の意味と目的が知りたいのです。当初、TPSへの加入は単純に利益のためだと思っていました。圧倒的な低価格でパソコンを販売し、パソコン教室も無料で開き、親密で丁寧な対応をすることで信頼を得て、高額な月額サポートに加入させることで、一気にここまでの利益のマイナスを取り戻す。そういうものだと思っていました」

時透は一気にまくしたてた。御厨のあまりにも不可解な発言の数々に、上司だと思って常に神妙な態度を取っているのが馬鹿馬鹿しく感じていた。

「たしかに利益確保の側面もありますよ。ですがこれも通過点なのです。まずは多くの方々にＴＰＳにご加入いただくこと。これが一番重要なのです」

「利益よりもＴＰＳへの新規加入が優先されるならば、月額の金額を下げれば単純に加入者が増えると思うのですが」

時透は御厨の答えに被せるように質問を重ねる。

「高額であることが重要なのです。毎月、高いお金を払っているからこそ、会員様は我々に生活に根ざしたすべてのことをお任せくださるのです。これだけ高い金を払っているのだから、面倒な仕事だけど、お願いしよう。そういう思考の流れを生み出します。もしもこれが毎月、数千円のサービスであるなら、遠慮の気持ちが生まれて、お家《うち》の仕事のお手伝いはそれほどさせてもらえないはずです。それではお客様の懐《ふところ》深くまで入れない」

御厨の返答は、重要なことには触れず、何かをはぐらかされているような気がした。

「懐に入ってさらに仲良くなって、家のことは何でもしてあげる。その代わり家中の家電をすべて轟家電で買ってもらう。そういう最終目的なのでしょうか？」

時透は田舎に住んでいた祖父の家を思い出していた。祖父の田舎には小さな電器屋が一軒だけあって、家電に関してはすべてそこの電器屋に任せているようだった。テレビが壊れると、その電器屋の主人が診に来てくれて、買い替えだね、と言われると数日後には新しいテレビが配達され、設置もしてくれるのだ。祖父からのテレビのメーカーや商品の希望は何もない。すべてその電器屋にお任せなのだ。その代わり電球一個切れただけでも、電器屋の主人はすぐに祖父の家に駆けつけてくれるし、たいていの家電の修理なんかは無料でやってくれるようだった。こういった昔ながらの町の電器屋の手法を利用して、時透が客と密接な関係性を作ることによって今後、家電はすべて轟家電で購入するように導く。そういうことなのだと時透は推測していた。

「まあ。そういう一面もたしかにあります。ですがK市において轟家電は圧倒的なブランド力を誇っています。K市の住人であれば何もしなくても轟家電で商品を買ってもらうための仕組みづくりはすでに完成しているのです。なので我々には一般的に言われる競合他社というものは存在しません。半年ほど前、R電器がK市に進出してきましたが、先日、撤退しました。まあ、本当に無駄なことを。全国チェーンの画一的な電器屋などが我々に対抗できるはずなどないのにねぇ」

御厨は唇を曲げて、心底愉快そうに笑った。

K市内にR電器があったことは知らなかった。それはそうだろう。ここでは外部からの情報を一切遮断されており、この数ヵ月間、出張に出てはいたが、基本的には轟家電とアパートとの行き来しかしていないのだ。知る由《よし》もない。

R電器の存在自体はもちろん知っていた。全国展開をしている大型家電量販店で、都内にも何店舗かあり、時透自身、買い物をしたこともある。だが半年も経たずに、K市から撤退したというのは、家電量販店の業界のことをまったく知らない時透にも少しだが理由がわかる気がした。轟家電のような得体の知れない電器屋はきっと他に存在しないのだろう。まともに戦って勝てるわけがないのは予想がついた。

「一面ということは最終目的ではないということですね。御厨部長、僕は最終の目的を教えてほしいのです」

時透は脱線し続ける御厨の話を何とか軌道修正しようとする。これ以上、御厨と長く話していたくはなかった。だが最終目的は何としても突き止めておきたかった。おそらくこれをクリアしなければこの町から脱出することはできない気がした。

「時透さんはせっかちですねえ。まあいいでしょう。家電を買ってもらうことは別にして、会員にとって誰よりも信頼してもらえる人間を目指してください。頼まれたことはどんなことでもすぐに実行して、どんな悩みでも蔑ろにすることなく、自らもその悩みを共有しているかのように真剣に向き合うのです。そしてその秘密は決して、他言してはなりません。すると会員にとって時透さんは、家族と同じか、それ以上の存在だと思ってもらえることでしょう。それを目指すのです」

「それでいったい最終的にどうすればいいんですか？　家族以上の存在になって、養子縁組みしてもらって息子にでもなればいいんですか？」

仲良くすることが最終目的のわけがない。あまりにも苛立《いらだ》ちが募《つの》り、時透は御厨を茶化《ちゃか》すような言葉を返した。

「まあまあ、そう焦らずに。本題はここからです。時透さんがお客様から大きな信頼を得ることができたら、そのタイミングで轟家電から会員様へスペシャルサービスのご案内を封書で送ります」

またまた御厨は怪しげなことを言いはじめた。

「スペシャルサービス？　いったいそれはどういう内容のものなのですか？」

「ＴＰＳの会員様だけが利用できる、その名のとおりの特別なサービスです。ただこの内容はとてもデリケートなものです。費用も別途発生します。使うか使わないかはお客様の判断となります。そしてこのスペシャルサービスのことは話題に出さないでください。このことを時透さんの口からお客様へ話すことも、聞くことも決して許されません」

いつもの軽薄そうな様子は鳴りを潜め、急に真剣な口調へと変わった。

「そのサービスの内容は私には教えてもらえるのでしょうか？」

「いえ。教えられません。時透さんがその内容を知っていることによって、会員様との関係性に変化を及ぼしてしまうかもしれないのです。それほどデリケートなものなのです。ですが強い信頼関係で結ばれていれば必ずこのスペシャルサービスをご利用いただけるタイミングは訪れます。それは会員様から時透さんに依頼されます」

「内容も知らないのに、きちんと直接受け付けすることができますかね……」

時透には色々な意味で不安しかなかった。

「大丈夫です。簡単です。スペシャルサービスをご依頼されるお客様は時透さんに『赤くて大きな冷蔵庫を注文したい』と言います。そう会員様から言われたら『承知しました。ご注文を承ります』それだけ伝えてください」

「冷蔵庫の納期もメーカーも型番も聞く必要はないということですか？」

「そのとおりです」

時透は神妙な様子で頷く。

「価格は？」

「それもお伝えする必要はありません」

おそらくこれはスペシャルサービスを利用するための暗号なのだろう。本当に冷蔵庫を注文するということではないのだ。

「ただそのときに配達希望日と時間帯、それと注文者は確認しておいてください。そしてスペシャルサービスを承ったらすぐに、私にその詳細を報告してください」

「わかりました……。ですが注文者を確認するというのはどういう意味でしょうか？　注文者はそのご依頼くださった会員様になると思うのですが？」

「それが違うのです。このサービスに関しては、おそらく注文者は基本的に、そのご依頼いただいた会員様以外の誰かになるはずです」

さっぱりわけがわからなかった。やはり暗号などではなくて、本当に大きな赤い冷蔵庫が注文されるのだろうか。いや、それならば注文者はスペシャルサービスの依頼者である会員の名前でよいはずだ。

「わかりました。御厨部長、では僕がこのスペシャルサービスを何件か受注できたら借金の完済となりこの町から出ていける。そう考えてよろしいでしょうか？」

もう遠回りするような話はこりごりだった。時透は単刀直入に聞いた。

「それは約束できます。順調にスペシャルサービスを受注していただければ、これから半年以内に間違いなく借金返済が完了になるはずです」

時透はその言葉に大きく頷いた。

時透はさっそく動き出した。まずはこれまでと同じようにパソコンの点検提案という形で会員への訪問を続けた。時透は会員宅でパソコンの点検を終えると事務所で作成したチラシを渡した。そこには【どんな些細《ささい》なことでもお気軽にご相談ください！】と派手な書体で見出しが入り、その下には【掃除、洗濯、お買い物、犬の散歩、悩み事相談など、無料で対応させていただきます！】と書かれていた。チラシの一番下には連絡先として時透の携帯番号が記載されている。

時透はどうしたら会員たちとより親密な関係になれるのかを考えた。やはり家に呼んでもらって困りごとを解決してあげることが一番の近道だと思えた。その回数が増えれば増えるほど、呼ばれるまでの間隔が短くなればなるほど、より親密な関係であると判断してよいのではないだろうか。おそらくパソコンの点検直後に、何か困りごとはないかと突然聞いても、あまり頼みごとは引き出せないように思えた。口でどんなことでも相談してください、と伝えたとしても社交辞令と捉《とら》えられてしまう可能性がある。

そこで、まずは本当に頼みごとをお願いしてもいいのだと会員に伝えるためのツールとしてチラシを用意したのだ。チラシは時透が事務所のパソコンを使い、自分で作った。チラシを見せると、当然、ＴＰＳはパソコンのサポートサービスだと考えていた会員たちは恐縮した様子を見せた。そこで時透は言葉を添えた。実は、ＴＰＳは最初の三ヵ月は仮契約なのだと。三ヵ月間、解約せずに続けていただけると本契約に切り替わる。本契約に切り替わると同時に生活全般をフォローするライフサポートサービスが無料オプションで付いてくるのだと説明した。

すべて時透が考えたでっちあげの話だ。仮契約から本契約に切り替わる話は嘘だし、ライフサポートという言葉も自分で作り上げた。会員に対し、依頼しやすい環境を作り出しただけだ。会員にとっては何のデメリットもない。御厨もおそらく、結果さえ出せば何も言ってこない。とにかくどんな方法を使ってでもスペシャルサービスを受注して、この町から一秒でも早く脱出したかった。

そして時透のチラシ作戦は思惑どおりの結果をもたらした。会員から時透の携帯にポツポツと電話依頼が入るようになった。会員の老人たちは高齢者専用のマンションに入居しているケースが多かった。そこでは毎日三食、食事は出るが、掃除や洗濯はそれぞれでやらなければならない。そんなときは時透の出番になるのだ。老人たちの部屋へと出向き、時透は一生懸命、掃除や洗濯をした。買い物やペットの散歩などの依頼も多く来ると思ったが、買い物――主に食料の買い出しなどはスーパーが定期的に部屋まで届けてくれるサービスを利用している会員が多く、ほとんど依頼はなかった。ペットの世話や散歩についても同様だった。そもそも会員たちは犬や猫を飼っていなかった。最近の犬や猫は長生きする。皆、ペットより先に死んでしまうことを危惧《きぐ》しているらしかった。家族や親戚《しんせき》が近くにいれば、死んだ後も代わりに飼ってもらえたりするかもしれないが、会員である老人たちには、なぜか近くに住む家族や親戚はいない様子だった。

そもそも何も困りごとがなくても、時透と話がしたいから来てほしい、という依頼も増えた。そうやって老人たちと世間話をしたり、彼らの身の上話を聞くうちに、老人たちに、とある共通点があることがわかった。

皆、もともとK市に住んでいたわけではなく、ほとんどの老人がこの数年間で市外から移住してきたというのだ。

K市役所の人間の仲介を受け、この町に移り住んできたという。皆、大っぴらには教えてくれなかったが、移住者は驚くほどの高待遇でK市に受け入れられているようだった。K市に来る前は生活自体に困窮していたという人も数多くいた。

だが今は、皆、K市中心部の立派なマンションに住んでいた。多くの老人たちは、一人暮らしか、夫婦二人で暮らしていた。さらに深く話を聞いていくと他の家族や親戚と疎遠になっている人たちが多く、誰にも相談せずに移住を決めたという話をいくつも聞いた。だから老人たちがK市に移住していること自体、周りの家族や親戚は知らないという話も同様に多かった。

生活するための環境は満たされたが、見知らぬ土地での暮らしは孤独なのだろう。時透や他の生徒とも触れ合えるパソコン教室という場があったのは嬉しかったと感謝された。パソコン教室が終わってからは老人たちの横の繋がりのようなものはあまりないらしく、寂《さび》しい生活をしている人が多かった。だから時透が定期的に訪問することは、たとえパソコンの困りごとや生活の頼みごとがなくても、それ自体が喜ばれた。訪問を重ねるごとに時透への老人たちからの信頼はさらに厚くなった。一人で留守番を頼まれたり、ときには信用しているからとクレジットカードを預けられ、買い物を頼まれることもあった。

もしも自分が悪意のある人間だったら大変なことになるだろうな、と老人たちの危機管理の意識の低さに恐怖を覚えた。御厨から言われていた、会員から強い信頼を得る、ということに関しては順調に進んでいた。だが肝心のスペシャルサービスの依頼は一件もなかった。内容はわからないため、どれだけそれに近づけているのかもわからないのだ。とにかくさらに信頼を積み上げるために動き続けるしかない。

この部署に異動してきたときに初めてアポを取り、訪問をした井上の家にも時透は頻繁に訪れていた。

井上の家に行くと、なぜかいつも神崎めぐみがいた。

神崎は病気で寝たきりになっている井上の妻の介護ヘルパーだった。時透が井上のマンションに初めて訪れたときはリビングの引き戸は閉められ、井上の妻の姿を見ることはできなかったが、今はもう、いつ行っても、その引き戸は開け放たれていた。

井上の妻は介護用ベッドに寝ていた。時透が訪れると、やはりあまり体調が良くないのだろう。若干、不安そうな弱々しい笑顔で挨拶をしてくれた。そのそばには神崎がいた。かいがいしく井上の妻の介護をしているようだった。

神崎とはあれ以来、アパートで見かけても話すことはなかった。だが井上の家では顔見知りであることをひた隠し、それぞれが訪問先でよく出会う電器屋と介護ヘルパーを演じていた。やはり井上の家で会う神崎は、アパートで見る姿とはまるで別人だった。介護をしている間も、気を遣わせないためだろうか、井上の妻に優しく声をかけ続け、終始、にこやかだった。

井上からライフサポートの依頼が来ることはほとんどなかった。なぜなら井上家の家事全般を神崎がやっていたからだ。神崎の仕事の内容自体が井上の妻の介護だけではなく、家事全般を行うものだと思っていたのだが、どうやら違うらしい。仕事ではなく善意でやってくれていると井上が教えてくれた。井上は神崎にとても感謝している様子だった。

その話を聞いて時透は、どうにも素直に受け入れがたいものを感じていた。神崎は時透と同じように、どれほどの額かは知らないが、大きな借金を抱えて漂流アパートに囚われているのだ。自らをK市に囚われている囚人に喩《たと》え、囚人同士で意味もなく語り合うことを傷の舐め合いでしかない、と言い放った神崎が、はたして善意で家事の手伝いなどするだろうか。そこには何か思惑があるような気がしてならなかった。だが、それが何かは時透にはわからなかった。

ある日、いつものように井上の家を訪れると、珍しく神崎の姿がなかった。リビングと、井上の妻の部屋とを隔《へだ》てる引き戸が、その日は閉められていた。訪れた時間帯は昼下がりで、井上の妻は昼寝をしているとのことだった。

井上からはワードとエクセルについていくつか質問があり、それに答えた。だがどうにも井上の様子がおかしかった。同じ質問を何度も繰り返したり、質問を終えて、雑談をしている最中も、急に黙りこくり、上の空になる瞬間があった。何か思い詰めているようにも見えた。

「井上さん、どうしたんですか？　何か今日、元気ないですよ」

時透は元気づけるようにあえて明るい口調で言った。

「ああ……実は悩んでいることがあってね……聞いてくれるかい？」

井上はノートパソコンのディスプレイをぼんやりと見つめながら力なく言った。

「何でも言ってくださいよ。会員の方の悩みを聞くのも僕の大事な仕事の一つですから」

「そうかい。ありがとう。実は……新しく冷蔵庫を買い替えようかと考えていてね……」

ひどく思い詰めている様子だったのでどれほど深刻な内容なのかと身構えていたが、冷蔵庫の買い替えと聞いて拍子抜《ひょうしぬ》けしてしまった。

だが直後に気づいた。冷蔵庫――。

「れ、冷蔵庫ですか……？」

「うん。ずっと考えてはいたんだけど……あ、赤くて大きな冷蔵庫を頼みたいと思ってね……どうだろう？」

井上の口から【赤くて大きな冷蔵庫】という言葉が発せられた。間違いない。ようやく来たのだ。スペシャルサービスの依頼だ。

「いいと思います！　赤くて大きな冷蔵庫！　ご注文ありがとうございます！」

努《つと》めて冷静にと思ったがどうしても興奮を抑えられなかった。

「そうか……。時透先生がそう言ってくれるのなら心強い。よろしく頼むよ」

井上は笑顔でそう言ったが、なぜか目だけが潤んでいて、泣き笑いのように見えた。

「ありがとうございます。すべてお任せください」

時透は力強く、そう返した。

スペシャルサービスを受け付けたときの対応は、何度もシミュレーションをしていてしっかりと頭の中に入っていた。

価格もメーカーも型番も聞く必要はない。必要なのは配達希望日と時間帯、それと注文者の名前だけだ。時透は携帯していたスペシャルサービスの注文書をバッグから取り出し、必要事項を記入してもらった。最初はスラスラとボールペンを走らせていた井上の手が急に止まった。どうしたのかと見ると、注文者の名前を書く欄の上で、ボールペンを持つ井上の手が小刻みに震えていた。

「井上さん、ゆっくりでいいですから」

スペシャルサービスの内容をまったく知らない時透だったが、咄嗟に声が出た。

「ありがとう……大丈夫だから……」

それは静寂に沈みゆくほどの小さな声だった。

井上は震える手でどうにか注文者の名前を書いた。

注文者の欄には【井上芳恵《よしえ》】と書かれていた。

井上の妻の名前だった。その意味が時透にはわからない。

「冷蔵庫の配達は君が担当してくれるんだろ?」

いきなり聞かれた。時透は井上から、なぜだか縋《すが》るような目で見られた。その目の奥には、悲しみとあきらめを混在させたような翳りがあった。そして発せられた言葉には有無を言わせないような重みが感じられた。

「は、はい！　僕が責任を持って配達させていただきます」

やはり自分が配達するかどうかなどわからない。それでも、いいえとは言えない状況だったし、ようやく受注したスペシャルサービスなのだ。こんなことでキャンセルされるわけにはいかない。

時透は事務所に戻るとすぐに御厨に報告した。

「素晴らしい！　時透さん、やりましたね！　さすが私が見込んだ男です！　こんなにも早くスペシャルサービスを受注してくれるとは！」

以前にも聞いたことのあるような安っぽい言葉で御厨は時透を祝福してくれた。

「ありがとうございます。御厨部長、ここではっきりと聞いておきたいのです。僕はスペシャルサービスを受注して結果を出しました。御厨部長は以前、順調にスペシャルサービスを受注できれば半年で借金が返済できるとおっしゃいましたが、具体的な目標の件数を教えていただきたいのです」

順調に受注などという曖昧な言葉では明確なゴールは見えない。ここをはっきりさせておかないとまた適当な理由を付けられて、期間の引き伸ばしにあうかもしれない。

「おやおや。やはり結果を出す人は強気ですね。ですが結果がすべてのこの世界です。お答えしましょう。時透さんはこの町に来て半年ですよね。一年で借金を返したいのなら残りの半年で六件以上スペシャルサービスを受注してください。それが借金完済の条件です」

半年で六件以上。毎月、一件ペースで獲得していけば達成できる。井上のケースのように会員との信頼関係を強固にすることでスペシャルサービスの受注に近づくことができるのならそう難しくないように思えた。だが、一番の問題点はそのサービス内容を時透自身が知らないことだ。内容がわかれば、それを獲得するための計画も立てられる。今回、獲得できたのは偶然に他ならない。

「御厨部長わかりました。その目標、僕は必ず達成して、残り半年で必ず借金を完済します。ですが今回、スペシャルサービスを獲得できたのは偶然です。いい加減、サービスの内容を教えてください。内容がわかれば間違いなく獲得の可能性は上がります」

時透の言葉はいつのまにか詰問調になっていた。だがこれが獲得するための一番のネックとなっているのは間違いないのだ。それと井上がスペシャルサービスを注文したときの様子が気になった。井上の妻の名前を書くときの手の震えといい、まともな精神状態でないことはあきらかだった。そういう精神状態に追い込まれるようなサービスとはいったいどういうものなのか、という個人的な興味もあった。

「それはわかってますよ。内容を知っていた方が獲得の可能性が向上するのは間違いありません。もともと、一件、受注できたら内容を伝えるつもりでした。どうです？　冷蔵庫の配達、時透さんが行きますか？」

「え⁉　僕がですか？」

　時透は驚きの声をあげた。井上には冷蔵庫は僕が配達します、と言ってしまったが、当然、他に配送担当がいて自分など行けるはずがないと思いこんでいた。それと同時に本当に冷蔵庫を配達することにも驚いた。【赤くて大きな冷蔵庫】という言葉そのものは暗号ではなかったということになる。

「ええ。実際ここでどういうサービスかを言葉で説明するよりも、その目で見ていただいた方がよいと思いましてね」

　この男はやはりどこまでも回りくどいことをする。そんなものここですぐに言ってくれればいいのに――。だがそう思う一方で、御厨がそこまで内容をひた隠しにするスペシャルサービスの真実をこの目で確認してみたいという思いも強く湧き上がりつつあった。

「実は井上さんにも僕に配達に来てほしいと言われてまして、御厨部長にご相談しようと思っていました。そうしていただけるのならたいへんありがたいです」

「なるほど。それはちょうどよかったじゃないですか。ぜひあなたが配達してあげてください」

「ありがとうございます。ですが一つ不安なことがありまして……」

「何でしょう？」

　御厨は時透の言葉に、即座に反応する。

「冷蔵庫を配達した経験は僕にはありません……。大丈夫かなと思いまして……。冷蔵庫大きいんですよね？」

大型冷蔵庫を配達したことはないが、配達されるのを見たことはある。まだ実家にいた頃、大型の冷蔵庫を親が市内の家電量販店で購入した。いかにも配送のプロといった風情の作業服を着た中年男二人が息の合った様子で、狭い廊下を、壁や床を傷つけることなく搬入していたことを時透は思い出していた。

「ああ。それは心配しなくて大丈夫ですよ。コツを摑めば簡単です。配送前に研修も行いますので」

御厨はこともなげに言う。

「そうですか……。配送するときは二人で行きますよね？　もう一人の配送員の方に迷惑をかけないかが心配です」

「大丈夫です。私が一緒に配達に行きます。安心してください。しっかりフォローしますので」

「えっ。御厨部長が僕と一緒に……ですか？」

時透は御厨の予想外の発言に面食らった。御厨は管理職だから、出張や配送などの現場仕事にはすべてノータッチだと思いこんでいた。

「私が一緒に配達に行くのは不服ですか？」

「いえ。こんな言い方をしては失礼かもしれませんが、御厨部長は管理職ですから、出張とか配送などの現場仕事は一切、なさらないものだと思っていました」

「時透さん、私を見くびらないでほしいですね。今でこそ、まったく現場と接点はないですが、私は役職に就く前は轟家電の売り場で白物を担当していました。当時、私は白物のエースと呼ばれていましてね。商品の配送設置は何度も行ったことがあります」

御厨は自信満々に言うのだった。

「そうなんですね。よろしくお願いします」

やはり言葉に感情が乗らない。すでにスペシャルサービスを受注したという嬉しさは消し飛んでいた。笑顔でこちらに親指を向け、サムズアップのジェスチャーをする御厨を前に、時透の胸の中は大きな不安が渦巻いていた。


井上の家に【赤くて大きな冷蔵庫】を配達する日がやってきた。

朝、出社すると御厨が待っていた。時透が挨拶すると、御厨はこっちこっち、と嬉しそうに手招きをする。

御厨が歩いて向かったのは一階のバックヤードの隅にある小さなドアの前だった。そのドアの存在は知っていたが、誰も出入りするところを見たことがないため、非常口か何かだと思っていた。御厨はどこからか鍵を取り出しドアを開けた。御厨に先に入ってください、と言われ時透は恐る恐る中に入る。

そこは狭く薄暗い空間だった。背後でガタンと大きな音がした。時透は驚き、一瞬、ビクリと体を震わせた。

「大丈夫ですか？　大袈裟ですねえ。ドアを閉めただけですよ」

御厨はニヤニヤ笑いながら言う。この男は自分を驚かせようと、わざと大きな音をたててドアを閉めたのだ。これをするために自分を先に入れたのだ。御厨のくだらない悪戯心《いたずらごころ》に苛立ちが募る。

「そこにあるボタンを押してください」

御厨はドアとは反対の壁面を指差した。

時透は怒りを押し止《とど》めて、壁面を見る。そこには丸いボタンがあった。ボタンに近づこうとしてすぐに気づいた。それはエレベーターを呼ぶボタンだった。ボタンの横にはエレベーターのドアらしきものが見える。時透は言われたとおり、ボタンを押す。ボタンがオレンジ色に点灯する。ボタンにはＢ１という文字が浮かび上がる。

「地下？　地下へ向かうエレベーターですか？」

轟家電に地下一階があることなど知らなかった。

「そのとおりです。このエレベーターは一階と地下一階を結ぶ専用のエレベーターです。轟家電に地下があることは一部の人間しか知りません」

階下から静寂を切り裂くような機械音と共に、ゴンドラがせりあがってきた。エレベーターのドアが開く。また恐る恐る時透はゴンドラに乗った。続いて、御厨が乗ると、今度は音もなくドアが閉まった。御厨が押したのだろう、ゴンドラ内にあるＢ１のボタンが点灯していた。室内にはドアの開閉ボタンと緊急停止ボタン、そしてＢ１と１Ｆのボタンしかなかった。

ゴンドラはゆっくりと階下へ落ちてゆく。ゴンドラ内の照明はか細く、先ほどの部屋よりもさらに薄暗い。ようやくエレベーターが止まり、扉が開かれる。

「これは……」

エレベーターを降りると大きな空間が広がっていた。

「冷蔵庫専用の地下倉庫です」

御厨はまた不思議なことを言った。

「待ってください。冷蔵庫の在庫は二階のバックヤードにありましたよね？」

轟家電は二階が白物と黒物の売り場、三階がパソコン関連の売り場になっていた。売り場の大物商品の在庫はそれぞれの階のバックヤードに置かれていたはずだ。

「ああ。言い方を間違えましたね。ここはスペシャルサービス専用の冷蔵庫の置き場です」

地下倉庫には大型の冷蔵庫が整然と並べられていた。冷蔵庫は段ボールで梱包《こんぽう》されていて中は見られないが、おそらくこの中に【赤くて大きな冷蔵庫】が入っているのだろう。

御厨は一番手前に見える冷蔵庫を指差す。

「これを持っていきます。まずは基本的な冷蔵庫の運搬方法をレクチャーしますね」

「ありがとうございます。でも、あの……井上さんの家に配達する冷蔵庫は、これでいいんですか？　型番はこれで合っているのでしょうか？」

時透は不思議に思い尋《たず》ねた。御厨は段ボールに記載されている型番を確認せずに無作為に冷蔵庫を選んだように見えたのだ。

「大丈夫です。ここに置いてある冷蔵庫はすべて同じ商品の同一型番ですから」

言われて時透は隣に置かれている冷蔵庫と型番を見比べた。まったく同じだった。その隣も、そのまた隣も同様だった。

「ここにはおよそ三百の冷蔵庫が準備されています」

御厨は何とはなしに言う。時透はその言葉に反応できなかった。

あまりにも不可解すぎる。スペシャルサービス専用の冷蔵庫の置き場所に専用の地下倉庫を用意し、置かれている冷蔵庫はすべて同一商品、しかもそれが三百もあるというのだ。

地下倉庫には時透と御厨以外、人の姿はなかった。天井は高く、等間隔に設置された照明が、淡いオレンジ色の光を放っていた。

「さあ、時間がありませんよ。まずは私が冷蔵庫の頭の方を持って斜めに倒しますね」

御厨のレクチャーがはじまったようだった。

「冷蔵庫の側面と底に二つずつ持ち手用の穴が開いています。時透さんは底の穴を持ってください」

御厨は冷蔵庫を斜めに固定した状態で支えている。時透は言われたとおり、冷蔵庫の底に開いている二つの穴に両手を入れる。

「それじゃあ、せーので持ち上げてください。せーの！」

時透は冷蔵庫を持ち上げる。結構、重たい。それでも何とか持ち上げることができた。

「それではその状態で私が時透さんがどう動けばよいか指示しますので。そのとおりに動いてくれればＯＫです」

その後、時透は御厨の指示どおりに動き、一とおりの運搬方法は何とか頭に入れることができた。

「とりあえずこんなものでしょう。本当は底を持つよりも頭側の方が楽なのですが、それだと指示が出しにくくなるので何とか頑張ってください」

「わかりました。お客様のお家を傷つけるわけにはいかないので頑張ります」

「そうですね。よろしくお願いします。それではそろそろ行きましょう」

倉庫の壁面の一方にはシャッターがあり、それを開けると、小型のトラックが駐車してあった。トラックは他の社用車と同じように白色だったが、轟家電のロゴが入っていなかった。

時透は御厨の指示を受け、冷蔵庫を何とかトラックの荷台に載せた。すると御厨は慣れた手つきでそれをロープで荷台に固定した。

運転を担当するのは時透だった。緩《ゆる》いスロープを上がっていくと地上に出た。そこは轟家の敷地《しきち》から少し離れた場所で、振り返ると進入禁止の看板が立てられていた。

時刻は午前十時半を回ったところだった。平日の通勤ラッシュもすでに過ぎ去り、道はすいていた。トラックは冷蔵庫を載せて順調に進む。十五分ほどで井上のマンションに着いた。いつも利用しているエントランス近くの来客用駐車場に車を停める。御厨に指示されたとおり慎重に冷蔵庫をトラックの荷台から下ろす。そのままエントランスまで運び、インターフォンの前で一度、冷蔵庫を下ろした。時透が井上の部屋番号を入力して呼び出しボタンを押す。数回、チャイムを鳴らしたが井上が出る気配はない。

「おかしいな。いつもはすぐ出てくれるのに……」

スマホを見ると十一時五分前だった。井上に告げている訪問時間は十一時だった。家にいないはずがない。それとも訪問日時を勘違いしたのだろうか。

すると突然自動ドアがスッと開いた。

「時透さん、開きましたよ。行きましょう」

御厨は何も疑問に思っていないように言う。どういうことなのだろうか。エントランスの自動ドアは居住者の部屋からしか開けられない。井上は部屋にいることになる。だとしたらなぜ何の返答もせずに井上は自動ドアだけを開けたのだろうか。

拭いきれない疑問と説明のつかない不安を抱えながら時透は御厨と共に、冷蔵庫をマンションン内に搬入する。エレベーターに乗り、井上の部屋がある十階で降りて、通路を進み、ようやく部屋の前にたどり着いた。さすがにきつい。腕と足腰がひどく痛む。呼吸も荒くなる。一方、御厨はというと何事もなかったかのように涼しい顔をしている。細身で力もなさそうなのにいったい、どういうことなのだろうか、と不思議に思う。

時透が呼吸を整えてインターフォンを押そうとすると、なぜか御厨に手で制された。

「押す必要はありません。ここからはすべて私の指示に従って行動してください」

有無を言わせぬ口調だった。

「でも……井上さんに中からドアを開けてもらわ……」

御厨はドアノブに手をかけて、そのまま回した。ドアが開いた。時透は驚きのあまり言葉が出ない。

「なぜ……」

あまりにも不可解なことが連続していた。エントランスでは井上が応答しないにもかかわらず自動ドアが開いた。そして部屋には鍵がかかっていなかった。それを御厨は最初から知っていたかのようにドアを開けたのだ。

「さあ入りますよ」

頭の中が理解できないことでいっぱいで整理できない。時透は声を出すことができず、無言で首肯だけした。

部屋の中に入り一度、リビングに入る前の廊下で冷蔵庫を下ろした。

「時透さん、ドアに鍵をかけてください」

「は、はい……」

時透は御厨に言われたとおり、ドアに鍵をかけた。

冷蔵庫を再度持ち上げてリビングに入る。リビングには誰もいない。時透は御厨の指示に従い、リビングの中央で冷蔵庫を下ろした。

「絶対に声を出さないでください。そしてゆっくりと冷蔵庫の梱包材を取るのを手伝ってください」

御厨は時透の耳元で囁《ささや》くように言った。

冷蔵庫を梱包している段ボールは、固定されている紐を解くと上に被さっているだけのようで簡単に取れた。

姿を現したのは名称どおりの【赤くて大きな冷蔵庫】だった。だがその冷蔵庫には違和感があった。すぐに気づく。ドアが一つしかないのだ。通常、大きな家庭用の冷蔵庫であれば、冷蔵室、冷凍室、野菜室などドアが複数ある。だが五百リットル以上はあろうかというこの大きな冷蔵庫にはドアが一つしかなかった。

時透が冷蔵庫を見ながら疑問に思っていると、御厨はいつのまにかリビングを仕切っている引き戸をゆっくりと開けようとしていた。この向こうは寝たきりになっている井上の妻、芳恵の部屋だった。

御厨が引き戸を開けると、そこにはいつものように介護用のベッドがあり、その上で芳恵が寝ていた。

またもや頭が混乱する。なぜ井上はいないのか。冷蔵庫が配達されるというのに部屋の鍵も閉めずに、寝たきりの妻だけを残していったいどこに行ってしまったのだろう――。

芳恵は安らかな寝息を立てていた。よほど深い眠りに入っているのか、我々に気づき目を覚ますような様子はまるでなかった。

「時透さん、この人が注文者の井上芳恵さんで間違いないですね？」

御厨はスッとリビングに戻り、また時透の耳元で、今度は先ほどよりも早口で質問をしてきた。

時透は咄嗟に頷く。

「わかりました」

御厨はそれだけ言うと、なぜか冷蔵庫のドアを開けて、中から何かを取り出した。時透は冷蔵庫の横に並ぶように立っていたため、角度的に庫内《こない》は見えなかった。

御厨が庫内から取り出したのは、細長くて光を放つ何かだった。

そこから時透の記憶は曖昧になる。

御厨はその細長い何かを持ったまま寝ている芳恵のもとへ近づく。御厨はその何かを、躊躇することなく芳恵の首元に勢いよく振り下ろした。

振り下ろす直前でわかった。それは刃《やいば》を擁した凶器だった。鈍《にぶ》い光を放つ刃の部分が芳恵の首元に音も無く吸い込まれた。刃の半分以上が喉元《のどもと》に埋まっている。御厨は振り下ろすのとほぼ同じスピードで刃を引き抜いた。

芳恵の首筋から血が迸《ほとばし》る。寝息を立て、安らかな顔だったそれは苦悶《くもん》の表情に変わり、ごぶっとか、ぐがぁとか、悲鳴なのか、悲鳴も出すことができずに苦しみ喘《あえ》いでいるのか、判別のつかない恐ろしい音が芳恵の口から発せられていた。御厨はそんな状況を気にもせず、今度はかけられていた毛布を剝がして芳恵の胸を刺した。また引き抜き、刺すことを何度も繰り返す。芳恵の上半身は血に染まり、穴だらけになっていた。返り血で凶器の刃は赤黒く染められ、御厨の手も真っ赤だった。

芳恵は白目を剝き、口元がだらりと弛緩《しかん》してそこから血の泡《あわ》がぶくぶくと漏れ出ていた。もはや絶命しているのはあきらかだった。

時透は動けないでいた。目の前の惨劇に体の震えが止まらず、しばらく声を出すこともできなかった。頭では御厨を止めなければならない、とわかっていたのだが、どうしても体が動かなかった。

「死んだみたいですね。業務終了です」

芳恵の目には涙が滲《にじ》んでいるのが見えた。その顔を見ながら御厨は無表情で言葉を発した。

それを見た途端、時透の体の中で説明の付かない感情が急速に膨れ上がり、それは唐突に爆《は》ぜた。体が動いた。体が燃えるように熱く、気づくと時透は御厨の名前を大声で叫びながら殴りかかっていた。だがその拳《こぶし》は簡単に躱《かわ》され、反対にそのままの勢いで御厨に顔面を殴られた。衝撃でリビングの上をゴロゴロと転がる。痛みに耐え、呻《うめ》き声をあげながら何とか立ちあがろうとするが、視界が揺らぎ、まるで足腰に力が入らなかった。揺らぐ視界の端で、なぜだか無表情のまま自分を見下ろす、御厨の姿だけがしっかりと認識できた。

「さすがに刺激が強すぎましたかね。でもこれが我々の仕事なんですよ。仕事は最後まできちんと責任を持ってやらないといけません」

鮮明に見えていたはずの御厨の姿も揺らぎ、朧《おぼろ》げな影となる。それでも声だけは鮮明に聞こえた。

「な、何が仕事だ……ひ……人を殺すことが仕事なわけないだろ……」

時透はその影を睨みつけながら言った。

「いいえ。これはれっきとした仕事です。そしてこれがスペシャルサービスの内容です。スペシャルサービスとは人殺しの代行サービスです。スペシャルサービスの案内を見て、依頼を決めたのはお客様なのです。長年生きていると殺したい人の一人や二人は出てくるものです。だからといって人を殺せば犯罪になるし、誰かを殺してほしいなどという相談などできるはずがない。その痒《かゆ》いところに手が届くサービスが、このスペシャルサービスなのです。あなたは井上さんと親密な関係性を構築していますが、所詮は金で繋がっているだけです。人殺しを依頼するにはうってつけの存在なのです。そして我々は依頼どおり、業務を遂行した。ただそれだけなのです」

御厨は冷ややかに言う。

とても信じられなかった。御厨の言葉どおりであれば井上が妻の芳恵を殺すよう依頼したことになる。おそらく冷蔵庫の注文を受けたときに井上に書いてもらった注文者が殺害対象者になるのだろう。だから御厨は芳恵を殺す直前に、ベッドに寝ているのが間違いなく芳恵かどうかを時透に確認したのだ。御厨は芳恵のことを見たことがない。もしかしたらその確認の意味もあって、冷蔵庫を一度も配達したことのない自分をここへ連れてきたのかもしれない。

「そ、そんなのおかしいだろ……な、何で……井上さんが奥さんを殺さなければならないんだ……」

気づくと言葉が口をついて出ていた。

二人はとても仲が良く見えた。そもそも井上は寝たきりの奥さんのために、三ヵ月間、毎日、パソコン教室に通っていたのだ。それがなぜ殺さなければならなかったのか――。

東京では金に困っていたと聞いていたが、ここでは市の移住者施策によって裕福に暮らしていると言っていたし、芳恵の介護にしても、神崎めぐみが介護のみならず、生活全般をフォローしてくれているようだった。だから介護疲れでということも考えられなかった。

「どんなに他者からは仲が良いように見えても本当の夫婦仲なんてわからないものですよ。それよりもそろそろここを出たいのです。あまりのんびりしてもいられない。動けますか？動けるのなら協力してください」

御厨はどこまでもマイペースだった。御厨にとっては誰が死のうが、それで時透が喚《わめ》き騒ごうがまるで関係ないのだ。何もかもが一瞬で馬鹿らしくなった。熱を持った不可解な感情も急速に消えてしまったように思えた。

ようやく視界のブレもおさまり、立ち上がることができた。だが若干、ふらつく。

「冷蔵庫を横に倒して開きます。手伝ってください」

時透は無言のまま御厨の指示に従った。冷蔵庫はやはりドアが一つしかない。そのドアを御厨が開ける。中には何も入っていなかった。言葉どおり何もないのだ。飲み物や食べ物を仕切るような板もない。本当にこれは冷蔵庫なのだろうか。冷蔵庫というよりも冷蔵庫の外見をした棺桶《かんおけ》のようだ――。

恐ろしい予感がよぎる。その予感は的中した。

いつのまにか御厨は冷たくなった芳恵をベッドから抱《かか》え上げていた。そのまま歩き、冷蔵庫の前で止まる。

芳恵の頭はだらりと下がり、苦悶の表情のまま何もない中空を睨みつけていた。体は血まみれで手足は養分のまるで行き届いていない枯れ木のように細かった。

御厨はそのまま芳恵を冷蔵庫の中に入れた。まるで投げ入れるような雑な入れ方でゴトンと鈍い音がした。おそらく芳恵の後頭部が冷蔵庫の底にぶつかったのだろう。冷蔵庫は体の小さな芳恵には十分な大きさだった。

「この冷蔵庫は特注品なんです。外からロックをかけられます。さらに庫内は密閉されていて血が漏れ出ることもありません」

そう言って御厨はドアを閉めた。よく見るとドアの上下につまみのようなものが見える。その二つのつまみを御厨は順番に回した。おそらくこれで冷蔵庫のドアにロックがかかるのだろう。

「さあ。そろそろ行きますか。ああ。そうだそうだ忘れてた……洗面所はどこですか？」

何かを思い出したように御厨は聞いてきた。時透は洗面所の場所を口頭で伝えた。

御厨は返り血を浴びた作業着を床に脱ぎ捨てた。そのまま洗面所へと向かう。水の出る音がする。おそらく血まみれの手を洗っているのだろう。すぐに戻ってきた。見ると手に付いていた返り血は綺麗に洗い流されている。作業着の下に着ていたワイシャツに、血の跡はない。

「お待たせしました。それじゃあ行きましょう。同じように底を持ってください」

「待ってください。このまま外に行くんですか？　せめて来たときと同じように段ボールで梱包してから運んだ方がいいように思うのですが……」

ドアがロックされているとはいえ、中に死体が入っている冷蔵庫をそのまま部屋の外に運び出すのは危険すぎる。

「時透さん、おかしなことを言わないでください。運び入れるときに冷蔵庫が段ボールで梱包されているのは理解できるとして、運び出す冷蔵庫はもともとその家で使用していた冷蔵庫をリサイクルで回収するものなのです。段ボールで梱包されている冷蔵庫を運び出すのは不自然です。怪しまれます」

たしかに御厨の言うとおり、段ボールで梱包された新しい冷蔵庫を配達して、古い冷蔵庫を回収するというのが通常の流れなのだろう。裸の冷蔵庫が運び出されるのを見られたとしても運び入れたときに梱包されているから、それが新しいものなのか古いものなのかは目撃者にには判断できない。それに今まで使っていた古い冷蔵庫の段ボールを保管しておくような人間はほとんどいないことを考えると、大きさの違うはずの新しい段ボールに入れて古い冷蔵庫を運び出すのは通常ありえない。そう御厨は指摘しているのだろう。そしておそらく冷蔵庫が赤いのは、殺害した人間の血が冷蔵庫に付着したときに、目立たないようにするためではないだろうか。

「そうですね。わかりました……」

時透は御厨の言葉に素直に従った。あたりまえだが冷蔵庫は運び入れるときよりも重くなっていた。冷蔵庫を慎重に持ち上げ、部屋を出た。マンションの通路に出るとなぜか御厨が井上の部屋の鍵を持っていて、それを使って施錠した。

そのまま通路を進み、エレベーターを降りて、エントランスから外に出た。エントランスでこのマンションに住んでいるであろう、小さな子供連れの親子とすれ違い、時透は肝を冷やした。だがあいかわらず御厨はのんびりとしたものでヘラヘラと笑いながら親子連れに、こんにちは、と挨拶をしていた。いったいこの男はどういう神経の持ち主なのだろうか。駐車場に出ると、来たときと同じように冷蔵庫を荷台に載せてロープで固定した。

「帰りは私が運転しますので」

御厨に言われ、時透は返事をすることなく、ふらふらとした足取りで助手席に乗った。

車の中にある時計を見ると十一時四十分を過ぎようとしていた。このマンションを訪れてからわずか四十分しか経過していないのだ。それが時透には信じられなかった。

あの部屋に入ってからの悪夢のような出来事は永遠の時間のように感じられたからだ。

冷蔵庫を載せた小型トラックは御厨の運転で走り出す。その日は天気が好かった。雲一つない青空が広がっている。自分はいったいここで何をやっているのだろう。この町に来たときと同じような、取り返しのつかない後悔が今さらながら胸を襲う。

清々《すがすが》しい青空と太陽が、時透をどこまでもどん底へと突き落とす。

走るトラックから、道路沿いに大きな公園が見えた。小さな子供連れの家族が楽しそうに笑顔を見せ、老人は何を眺めているのかぼんやりとベンチに座っている。

このトラックから公園まで百メートルもないが、自分はもう一生、彼らと同じ場所には戻れないのだな、と思った。運転している御厨をチラリと見る。いったい何が楽しいのか鼻歌を歌っていた。

そのとき時透は、御厨が店に向かって車を走らせていないことにようやく気づいた。

「これ……店に戻ってないですよね……いったいどこへ向かっているんですか？」

死体を入れた冷蔵庫を積んだまま、寄り道など許されるはずがない。時透は不安になり聞いた。

「まあまあ、行けばわかりますから」

御厨はこんなときでもいつもと同じように飄々とした態度を取る。この男は今の状況を本当に理解しているのだろうか。声を荒らげて文句を言おうと思ったが、寸前で止めた。この男は狂い、壊れているのだ。そんな人間に何を言っても無駄だ。

トラックはK市の郊外に向かって走っているのがわかった。自分の部屋からいつも見ていた大きな煙突がどんどんと近づいてくる。

そしてトラックはその煙突のすぐそばまで近づき停まった。

「ここはK市が運営する産業廃棄物処理場です」

御厨が言った。

「産業廃棄物処理場……」

時透はそうポツリと呟く。あの大きな煙突はこの産業廃棄物処理場のものだったのだ。産業廃棄物処理場はまるで巨大な要塞のように見えた。その中央部分から太く長い煙突が天高く伸びている。煙突の先からはモクモクと煙が立ち昇り、青空へと消えていた。

「それじゃあ最後の仕上げです」

そう言って、御厨は車を再び走らせる。車は処理場の敷地内に向かっていた。入り口に受付があり、そこにいる人間に御厨は何かカードのようなものを見せていた。すると受付の人間は無言で頷く。入ることを許可されたようだった。処理場の敷地は広く、しばらく車が進むと大きなシャッターで閉じられた搬入口のようなものが見えた。搬入口は複数ありシャッターには1から10まで番号が振られていた。御厨は1番の搬入口の前でトラックを停めた。

「ちょっと待っていてください」

御厨はそう言ってトラックを降りるとシャッターの方へと向かう。搬入口の脇に何か機械があり、そこに御厨はカードらしきものを通した。すると大きな音をたててシャッターが開きはじめる。御厨が急いで戻ってきた。

「このシャッターは開き切ってからわずか十秒で閉じられるので急がなければなりません」

御厨はトラックを動かしてシャッターの下をくぐり、処理場の中へと入った。中は床も壁もコンクリートだと思われる広い空間だった。なぜか前方には先ほどと同じようにシャッターがあり、行く手を塞《ふさ》いでいた。

「もう一度、開けなければなりません」

また御厨はトラックを降りる。同じように閉ざされたシャッターの横に機械があり、そこにカードを通すとシャッターが上がりはじめた。御厨は急いで戻ってきて二つ目のシャッターをくぐる。そうするとまた先ほどと同じような空間が広がり、今度は三つ目のシャッターが立ち塞がっていた。また同様にカードでシャッターを開けて、中に入る。今度は前方にシャッターはない。その空間には窓やドアもなく背後にシャッターがあるだけだった。

「はい。ようやく着きました。ここに冷蔵庫を下ろします。手伝ってください」

時透はトラックを降り、御厨と一緒に冷蔵庫を下ろした。

「これで完了です。さあ帰りましょう」

冷蔵庫は閉じられたまま何もない壁際に置かれた。

「冷蔵庫をあんなところに置いたままでいいんですか……」

時透はさすがに不安になり御厨に聞いた。

「あんなところというか、あそこが所定の位置なのです。きちんと回収してくれます」

御厨は満足そうに言う。

「入るときは面倒ですが、中から出るときはシャッターが自動で開くので楽です」

御厨の言うとおりでトラックがシャッターの前で停まると自動で開いた。また三つのシャッターをくぐり、ようやく処理場の外に出た。背後を振り返るとすでにシャッターは閉じられていた。

「あの冷蔵庫はどうなるのですか……？」

「この廃棄物処理場は何でも焼き尽くす超強力な焼却炉を保有しています。そこで冷蔵庫ごと死体も処分してもらうのです。あそこに置いておけば、担当者が回収して焼却してくれる仕組みになっています。ここはスペシャルサービスを利用されたお客様専用の死体処理場でもあるのです」

御厨はあっけらかんとした調子で言う。

「専用の……死体処理場……」

時透は御厨の言葉を復唱するかのように、それだけ言うと、以降、何も考えられなくなってしまった。気づくとトラックは轟家電の駐車場に戻っていた。

「時透さん、今日は大変だったと思うので、特別に早退を許可します。アパートに戻ってゆっくり休んでください」

時透は御厨の言葉に反応せず、無言でトラックを降りた。そのままアパートの自分の部屋へと歩いて戻った。部屋に戻った途端、トイレへと駆け込んだ。猛烈な吐き気が込み上げた。便器に顔を突っ伏して嘔吐した。だが朝も昼も何も食べていない。ネバネバとした無色透明の胃液しか出なかった。

洗面所の水を蛇口から直接、ゴクゴクと飲んだ。冷蔵庫にミネラルウォーターが入ってはいるが、今は冷蔵庫に触りたくなかった。水を飲んだらほんの少しだけだが落ち着いた。

部屋の窓から産業廃棄物処理場の煙突が見える。

毎日、眺めていて、見慣れていたはずの風景がそのときだけはまったく違ったものに見えた。

煙突からはモクモクと黒い煙が空に向かって昇っていく。

あの煙は――芳恵かもしれないのだ――。

また猛烈な吐き気が襲い掛かる。トイレまで我慢できず、胃液を床に撒き散らした。

時透は胃液を出し切ると、フラフラと立ち上がりカーテンを閉めた。

そのまま突っ伏すようにしてベッドに倒れた。

それから一週間ほど仕事を休んだ。

それでも囚われの身である時透はどこにも逃げることなどできなかった。

時透は再び、轟家電で働きはじめた。ひさしぶりに出勤してきた時透に対する、御厨の接し方は以前と何ら変わりなかった。御厨の井上芳恵を殺したときの手際から考えると、それが初めてではないのはあきらかだった。

時透は、休んでいたこの一週間、ただただ寝込んでいたわけではなかった。轟家電、そしてこのK市という、この町そのものについてずっと考え続けていたのだ。ようやくその正体が朧げではあるが、摑めたような気がした。

だが、まだ真相にたどり着くまでには至っていなかった。

何かが足りないのだ。その何かがどういうものなのかは時透にもまだわからなかった。

時透は事務所で以前のように架電をして、会員のところへ訪問することを再開した。

この町を出るためにはスペシャルサービスを再び受注しなければならない。また受注できるかもわからないし、もしも受注したときに自分がどのようになってしまうのかは想像できなかったが、結局、時透には轟家電で働くことしかできなかった。

もう一つ働く理由があった。この仕事を続けていればこの町の秘密を解き明かすためのヒントを手に入れられるような気がしたのだ。それは時透の予感でしかなかったが、根拠のない確信めいたものも感じていた。

再び働きはじめてから一ヵ月が経過した。この一ヵ月間でスペシャルサービスを受注することはできなかった。最短期間で借金を返すためには毎月、一件以上獲得しなければならない。時透には、ここから一秒でも早く抜け出したいという気持ちも強くあったが、スペシャルサービスを受注せずに済んだ安堵感の方が、正直、大きかった。

井上にはその後、連絡できないでいた。連絡できるはずがなかった。井上は時透に、妻である芳恵殺害の依頼をしたのだ。介護をしていた芳恵がいなくなったのであれば、神崎めぐみも、もうあの部屋を訪れてはいないだろう。そもそも井上はパソコンを自分のためではなく、芳恵のために買ったのだ。芳恵がいなくなった今、ＴＰＳに加入し続けている意味などないのかもしれない。だが不思議なことに井上はＴＰＳをまだ解約していないようだった。

また一つ、気になることがあった。この一ヵ月間、隣に住んでいる神崎めぐみの姿をまったく見なくなったのだ。それまでは一方的な取り決めどおり、こちらから話しかけることはなかったが、仕事の行き帰りなど週に一、二回程度は必ず姿を見ていた。

借金を完済して町を出ていったのだろうか。だがこのアパートに流れ着いた漂流者同士が仲良くすることなど無意味だと語り、悲壮感たっぷりに、借金を返すその日までこの町に囚われ、働き続けなければならないと訴えていた彼女が、そのわずか三ヵ月後に借金を完済して町を出たとはどうしても想像できなかった。

そんなある日、仕事から戻るとアパートのエントランスに管理人である稲積の姿があった。稲積は何をするわけでもなく手持ちぶさたの様子で、ぼんやりと佇《たたず》んでいた。

ここへ最初に来たときの印象が最悪だったため、無視をしたかったが時透は声をかけた。管理人のこの男なら神崎めぐみの行方を知っているかもしれないと思ったのだ。

「稲積さん、おひさしぶりです。ここで何をされてるんですか？」

「何でもない。あんたには関係ないだろ」

稲積は時透を一瞥しただけだった。予想どおりの反応に時透は心の中で舌打ちをした。

「稲積さん、僕の部屋の隣に住んでいる神崎さんて女の人、ここ一ヵ月くらい見かけないんですけど何か知ってますか？」

時透は稲積と余計な世間話などする気はなかった。単刀直入に知りたいことだけを聞いた。

「ああ。あの子ならここを出てったよ」

「出ていった……ってことは借金を完済したんですか？」

時透は驚いて聞いた。

「違う違う。あの子は上手くやった。あの子は町に魅入られた存在であることを自覚していたんだ。その状況を利用することでアパートから出ることに成功した。誰にでもできることじゃない。あの子はこの町から出ることを一生涯あきらめた。その代わり、町と心中することで、ここにしかない新たな自由を手に入れた……」

いったい稲積は何を言っているのだろうか。その言葉はまるで僧侶《そうりょ》の禅問答のように謎めいていた。それ以上、いくら質問をしても稲積は、ヒヒヒ、と気味悪く笑うだけで何も答えてはくれなかった。

時透はあきらめて部屋に戻り、稲積の言葉の意味をいま一度考えてみた。

神崎めぐみが言っていた言葉を借りれば、我々、漂流者には人権がないのだ。そんな状態でこのアパートを出て、いったい何ができるのだろうか。K市を出たとしても、借金を完済しない限りは身分証明書も戻ってこない。状況は同じなのだ。当然、働くことすらできない。

何よりもこのアパートにたどり着いたということは、神崎めぐみも相当無茶な金の借り方をしているはずだ。だとすればまともな所から金を借りていたはずがない。おそらく時透と同じように六村金融のようなヤクザか半グレが相手に違いない。この町から逃げたとわかった時点で奴らは必ず追いかけてくる。そんな危険を神崎めぐみは冒すだろうか。

いや――前提条件が間違っていた。

稲積は、神崎めぐみはこのアパートを出たと言ったが、この町を出たとは言っていない。それどころか、この町から出ることを一生涯あきらめた、と言っていた。

そして――この町と心中することで、ここにしかない新たな自由を手に入れた、稲積は最後にそう言ったのだ。

「この町と心中……ここにしかない自由……」

時透はそれを言葉にして何度か反芻した。

そのとき天啓が訪れた。今までその秘密を覆っていた霧が一気に晴れて、その全景がはっきりと見てとれた。ラストピースがようやく手に入ったのだ。

だが確証には至っていない。そのために、時透には一つだけ確認しなければならないことがあった。

翌日は日曜日で休みだった。時透は井上のマンションへと向かった。徒歩で一時間以上かけてようやくマンションにたどり着くと、エントランスから見えない位置に身を潜めて入り口をしばらく監視していた。監視をはじめて二時間近くが経過した頃だろうか、中から人が出てきた。出てきたのは二人だった。男と女が並んで出てきた。

男は井上新一《しんいち》、女は神崎めぐみだった。

二人の並ぶ距離が近い。井上と神崎は楽しそうに笑いながら歩いている。

やはり神崎めぐみはこのマンションにいたのだ。

これで確証は得られた。ラストピースがきちんと嵌《は》まり、パズルは完成した。

時透はまた一時間かけてアパートへと戻った。

自分の部屋に戻るとひさしぶりにカーテンを開けて遠くに聳え立つ産業廃棄物処理場の煙突を眺めた。この日も天気が好く青空にモクモクと煙突の煙が棚引いていた。

煙突の煙を眺めていても、以前のように気分が悪くなることはなかった。

この町の企《たくら》みは、すべてあの煙突に帰結しているのだ。

企みとは、K市が全国各地から受け入れた高齢の移住者をすべて殲滅《せんめつ》することだ。

その恐ろしい企みを知らずに上手く利用されていたのが時透たちのような漂流者だったの

だ。

移住してきた会員から話を聞いてずっと不思議に思っていたことがあった。K市は、なぜ高齢者たちをここに集めているのか。過疎の村が若者を移住させるのとはわけが違うのだ。労働力としては見込めない高齢者たちを移住させても、何のメリットもないはずだ。それをK市は、移住すれば何不自由なく生活できるほどの多額の助成金を出してまで促進していた。その助成金はやはり市の税金から出ていることになる。K市としては何のメリットもない。それにもかかわらずK市は移住活動を促進している。ということは何らかのメリットがあるのだ。現実としてK市にメリットがあるから、この移住活動を促進している。そう考えるしかない。

東京から移住してきた井上新一の妻、芳恵は轟家電の御厨によって殺された。もともと、井上には妻である芳恵を殺したい理由があった。そこに偶然、殺人を請け負う、スペシャルサービスが目の前に現れたので、時透を介して依頼した。当初、そう時透は考えていた。違うのだ。井上がスペシャルサービスを使って妻の殺害を依頼するよう、すべてが誘導されていたのだ。

もしかしたらそれは井上がこの町に移住を決めたときからはじまっていたのかもしれない。この町に来てからその重要な仕事を担っていたのは、神崎めぐみだった。神崎は芳恵の介護ヘルパーとして井上の家庭に入り込んだ。最初は芳恵の介護の仕事だけをしていたのだろう。だが徐々に井上夫婦と親密さを深め、家事全般を手伝うようになった。

そして神崎は井上を誘惑したのだ。

芳恵と別れて、私と一緒になってほしい。井上は神崎にそう言われたのだろう。そのために神崎は井上にスペシャルサービスを利用させて、芳恵を亡き者にした。井上は悩んだのだろうが、若く美しい神崎の魅力に抗《あらが》うことはできなかった。六十を過ぎてから、若い女を手に入れ、井上は神崎に夢中になったに違いない。

時透が初めて井上の家を訪れたとき、帰り際に神崎が現れて井上から紹介された。そのとき井上はパソコンを買うなら、轟家電がいい、と殊更強く神崎に勧められた、と話していた。そもそも芳恵にパソコンの良さを伝え、パソコンを買うことを勧めたのは神崎だとも井上が言っていた。この時点で神崎は芳恵を殺す計画を立てていたに違いない。

この計画の目的は神崎がK市で自由を手に入れるためのものだったのだ。

おそらく漂流者が与えられる仕事の中で、移住者の殺害というのが、最も優先度の高いものになるのだろう。神崎はこれを利用し、井上の妻を殺害するために、井上を誘惑し、井上と一緒にならなければならない、という状況を作り上げたのだ。そして実際に神崎は井上を使い芳恵を殺させて結果を出した。それによって例外的に漂流アパートを出て井上のマンションに移り住むことを許されたのだ。これからは井上の庇護《ひご》のもと、ある程度の金を持つことができるようになり、この町の中だけであるが自由に生きることができるに違いない。

それが稲積の言っていた【町と心中することで、ここにしかない新たな自由を手に入れた】ということなのだろう。

神崎が自分だけの自由を手に入れたことは特別だが、それ以外はこの町ではありふれたことなのかもしれないと時透は考えはじめていた。

移住者を殺害するために大きな役割を担っているのが、このアパートに住む漂流者たちだ。漂流者はこの町の中で散り散りになり、様々な職業に就き、働いている。

そして神崎のように、漂流者たちは仕事を通じ、何らかの形で移住者と接触を持つ。そこから関係性を深め、移住者の殺害を生業《なりわい》とする実働部隊のもとに移住者を誘導するのだ。

そう考えると漂流者の仕事は、移住者を誘導するだけの誘導部隊と、実際に殺害も請け負う実働部隊の二種類があるのではないか、と想像できた。

時透は、管理人の稲積が、轟家電で働くと伝えた瞬間、驚愕の表情を見せたことを思い出していた。稲積は轟家電の仕事が、殺害を担う、実働部隊であると知っていたのだ。

おそらく関係性から考えて実働部隊の仕事を担う人間は、誘導部隊の人間よりもかなり少ないに違いない。

これはあくまで時透の想像でしかない。だが毎日、途絶えることなく吐き出され続ける煙突の煙や、道を覆い隠して黙々と坂道を歩く漂流者たちの姿を思い浮かべると、それらはあながち突飛な妄想だとは思えなくなるのだった。

そしてこれは誰が、いったい何のために、と考える。

K市が主導しているのでないことは明らかだった。状況的に考えて何らかの上位組織にK市は仕事を依頼されているのだ。中途半端な上位組織ではない。人殺しを依頼しているのだ。県やほぼ並列関係の地方自治体レベルの組織でないのはあきらかだった。

絶対的な存在で、それ以上の組織がなく、何かあっても決して見咎《みとが》められることがない、と断言できるほどの上位組織からの命令でなければ、自治体単位で人殺しなどやるはずがない。

そう考えて一つだけ思い当たる組織があった。

国家だ――。

日本国そのものからの命令だとしたら――。

国家以上の上位組織は存在しない。国が良いというのだから見咎められる可能性などゼロであると断言できる。

国が、K市の高齢の移住者にかかる助成金のすべてを補塡《ほてん》しているとしたら、K市は仕事を請け負うのではないだろうか。

国は身寄りのない高齢者を全国から秘密裏にK市に集めて、殺害し続けているのだ。

その理由に思い至ることが一つだけあった。

日本はあと数年で六十五歳以上の高齢者が人口の三〇パーセントを占め、国民の四人に一人が七十五歳以上という超高齢社会へ移行すると聞いたことがあった。

おかげで医療費や社会福祉に関係する支出は上がり続け、だが少子高齢化社会が続く中で抜本的な対策は長らく存在することはなかった。

もしかしたらこれが、国の出した答えなのかもしれない。

労働力に見込めない高齢者の数を強制的に減らすことで、国民全体への負担を減らし、国を立て直そうとしているのだ。

その移住者たちの死刑執行役として、時透のような漂流者たちが存在しているのだろう。いくら国に認められたからといって、K市には事情を知らない一般市民も数多く住んでいるのだ。あからさまに殺人を犯すことなどできない。そもそも御厨のような変人を除いて、誰も人など殺したくない。

そのため実働部隊に関係する仕事は絶対的な庇護の下に置かれる。轟家電がそうだ。半年間で撤退したR電器の新店には、市内からはほとんど客が行かなかったと聞く。それはそうだろう。町全体が電器屋を利用するなら轟家電、という雰囲気を完全に作り上げている。もしかしたらメディアにもK市は関与して、市内に他店のCMを流さなかったり、新聞折り込みのチラシも配布しないように圧力をかけていたのかもしれない。

そして実働部隊が属する職種には轟家電のスペシャルサービスのように、高齢の移住者を秘密裏に殺害するための、何らかの方法が複数、用意されていることも想像できた。

そういうふうにして殺された老人たちは、あの産業廃棄物処理場に運ばれ、跡形もなく焼かれ、最後は煙突から吐き出される煙となって消えてしまうのだ。

時透がたどり着いた結論に証拠はない。

もしかしたら国家など関係していないのかもしれない。

だが――もしもこれが真実なら――そう考えた途端、背筋がゾッと冷たくなった。

御厨はスペシャルサービスを毎月コンスタントに受注できれば借金を完済したことになり、半年でこの町を出られると言っていた。

本当にそうだろうか――。

国家が関与しているとしたら、この計画はトップシークレットだ。一度、その計画に関与した人間たちを、借金を返済したからといって、そんなに簡単に解放してくれるものなのだろうか。もしかしたら自分以外の漂流者がこの計画に気づいて、この町を出た後に情報を流出させるということも十分考えられる。国が主導していたとしたらそんな危ない橋を渡るはずがない。

借金を完済したらこの町を出られるというのは真っ赤な嘘かもしれない。

神崎めぐみは、もしかしたらそれを知っていて、この町から逃れることをあきらめ、あのような方法を取ったのではないだろうか。

では――一生この生活が続くのか――。

いや——それも甘い考えに思えた。

必要のなくなった漂流者は移住者と同じように粛清されるのではないだろうか——。

漂流者は、その身分を証明するものを何一つ持たない。

殺したあとのことを何も考えなくていいから、移住者よりも処分するのは簡単に思えた。

冷たい汗が首筋を伝った。

自分はこのままでは殺される——。

殺されて跡形もなく焼かれ、最後は煙となって消されてしまうのだ。どうしたらいいのだろうか——。

時透はその日、一睡もせずに考えた。

明け方になって答えが出た。

逃げることをあきらめるのだ。神崎めぐみのようにすべてを町に委ねるしかない。町から発せられる毒を喰《く》らい、それを武器にして生き続けるしかないように思えた。すでに夜は明けていた。時透はカーテンを開けた。太陽が眩《まぶ》しい。

今日もまた産業廃棄物処理場の巨大な煙突は、休むことなくモクモクと煙を吐き出し続けている。

そのまま出勤の準備をして部屋を出た。同時に隣の部屋のドアが開いた。神崎めぐみが住んでいた部屋から出てきたのは見覚えのある意外な顔だった。

カマキリのような逆三角形の顔。時透がK市に流されるきっかけを作った男——鯖内だった。

鯖内は見るからに不安そうな表情をしていたが、目の前にいるのが時透だと気づくと、ぱっと顔が明るくなった。

「お、おお！　時透じゃねえかあ！　いやあ、こんなとこでまた会うなんてなあ。でも助かった……一人で心細くてよお。おまえがいれば心強いよ。それより聞いてくれよ。おまえが付き合ってたゆみって女、あいつ実はとんでもないやつでさあ、俺なんかあいつに身ぐるみ剝がされて、借金まで作らされてよお。会社もあいつに乗っ取られちまったよ……それで気づいたらこのザマだよ……」

そう言われて、瀬戸内ゆみの姿が頭の中に思い浮かぶ。

ゆみと最後に会ったとき、時透が嘘をついていたにもかかわらず、ゆみは時透のことが好きだったと言った。だが鯖内の言葉で気づいた。それはすべて嘘だったのだ。

時透はゆみを愛していたが、ゆみは時透を愛してなどいなかった。

あの行為はおそらく、本命のターゲットである鯖内に向けてのものだったのだ。情に絆《ほだ》されやすい女を演じ、簡単にコントロールできる女だと鯖内に錯覚させるためのものだったに違いない。

結局、俺も鯖内も、あの女に騙されていたのだ。

この世には、真《しん》に恐ろしい女性が存在するということを時透は、神崎めぐみの件で学習していた。

するとゆ頭の中のゆみは、すぐに消えた。もう何の感慨もない。それは本当に遠い過去のように思えた。

時透は決めていた。自分はここで生きてゆくために、これまでの自分を殺す。

過去の時透稔を殺して鬼にならなければならない。

時透は鯖内の言葉に反応せず、背を向けて無言のまま歩きはじめた。

しばらく時透に助けを乞《こ》う、鯖内の声が響いていたが、時透は決して振り返ることはしなかった。

時透がこの町から逃げることをあきらめ、町にすべてを委ねて生きていくことを決意した瞬間だった。

9章
移住者

妻の芳恵が脳卒中で倒れたのは、井上新一が長年勤めた会社を定年で退職した直後だった。

新一は事務機器の営業をしていた。不況の煽りをくらい、退職金は微々たるものだったが、パートでもしながら働けば、夫婦でときどき旅行に出かけるぐらいの暮らしはできるはずだった。

芳恵は病院で手術を受け、意識を取り戻したが、重い後遺症が残った。両手脚に麻痺《まひ》があり、歩行もままならず芳恵は寝たきりとなってしまった。二人の間に子供はいなかった。

六十六歳の新一が、六十五歳の芳恵の介護をするしかなかった。

新一は日々の介護で、働きに出ることはできなかった。生活は逼迫《ひっぱく》した。二人は東京に住んでいたからマンションの家賃は高く、芳恵の医療費も重く伸《の》しかかった。三人の老齢年金と芳恵の障害年金を合わせてもまったく足りなかった。新一の退職金を切り崩しながら何とか生活する状態が続いた。

　そんなときに、週に一度だけ介護を頼んでいる、四十代の女性ヘルパーから思いがけないことを聞いたのだった。

　東北地方のK市が全国から六十五歳以上の高齢者を受け入れており、移住者には大きな優遇措置があるという話だった。

　K市の存在はもちろん知っていたが、そんな活動を行っているという話は、それまで一度も聞いたことがなかった。

　電話をしてみたらどうですか、と女性ヘルパーはK市の問い合わせ先を調べて置いていってくれた。女性ヘルパーは週に一度しか来ていないが、新一たちの暮らしが苦しいことを薄々、気づいているようだった。

　新一は、もしも女性ヘルパーの話が何かの間違いだとしても、聞くのはタダ、と考えて電話をかけてみた。女性ヘルパーが教えてくれた番号は直通のようで、すぐにK市の生活保安課という部署に繋がった。

　電話先の相手はハキハキと話す、若い女性だった。新一は女性ヘルパーから伝え聞いた話だったので、要領良く話せなかったが、相手の女性職員は理解してくれたようだった。もしかしたら同じような問い合わせが多いのかもしれない。

女性職員は、K市に移住希望ですか、と直接的に聞いてきた。新一は検討中です、と言葉を返した。

すると女性職員は、東京に常駐しているK市の職員を、ご自宅に向かわせます、と断定的に言ってきた。気づくと三日後にその職員が新一のもとを訪れるということで話は終わっていた。

三日後の午後に約束どおり、K市から派遣された職員が現れた。家の中だと寝たきりの芳恵がいて、気を遣わせると思い、近所の喫茶店で話を聞くことにした。

その職員は汰木《ゆるき》という名の五十歳前後の男だった。サラリーマン風のいでたちで、ピシッとしたスーツを着ており、髪はしっかりと撫でつけられていた。差し出された名刺には【K市生活保安課東京事務所所長】と書かれていた。

「所長？　所長さん自ら、わざわざ申し訳ありません」

新一は恐縮して頭を下げた。

「いえいえ。こちらこそ貴重なお時間をいただき誠にありがとうございます。それに所長といっても東京事務所の職員は私を含めて三名しかおりませんので」

汰木は丁寧な口調で答える。

「さっそくですが井上様、K市への移住に興味をお持ちということでお間違いないですね？」

午後二時を回った喫茶店は閑散としている。他にほとんど客はおらず、暇そうなウエイトレスがこちらをチラチラ見ながらコーヒーのおかわりのタイミングを狙っている。

「はい。知人からこの話を聞きまして。ですがK市で全国から高齢者の受け入れをしているというのは、これまで一度も聞いたことがなかったものですから、問い合わせをさせていただいたのです」

「ありがとうございます。K市が全国から高齢者を受け入れているというのは事実です。ですが井上様のおっしゃるとおり、公にはしていません。その中でお問い合わせをいただいた方だけに、今回のように個別にお伺いしてご説明をしております」

汰木は少し声を潜めながら答えた。

「移住すると優遇措置があると聞きました。審査はあるのでしょうか？」

回りくどい話は嫌いだったので、新一は単刀直入に聞いた。

「そのとおりです。基本的には転居にかかる費用と月々の住居の費用はすべてK市で負担します。それ以外にも高齢者向けの様々な優遇サービスを受けることができます」

「え？　転居費用と住居の費用もすべて負担していただけるのですか？」

「はい。そのとおりです」

汰木はすぐさま答えた。

「住居はK市の方で用意してくださるのでしょうか？　それともこちらの希望をいくらか聞

いていただけるのでしょうか？」

「どちらでも大丈夫です。ただあまり高額な家賃の住居をご希望される方に関しては一部、住居費用をご負担いただく場合はございます」

新一は納得して頷いた。

「審査はどのようなものなのでしょうか？」

「簡単です。この用紙に書いてある質問に答えていただくだけです。もしも井上様がK市への移住を希望されるのであれば、今、ここで、用紙にご記入いただき、私がそれをお預かりします。審査には一週間ほどいただきます。結果が出ましたらご連絡差し上げます」

そう言って汰木はそばに置いてあったバッグから数枚の書類を取り出した。

「汰木さんが審査するわけではないんですね？」

「はい。私はただの説明係です。審査はK市の生活保安課が行います」

正直、かなり魅力的な内容だった。新一は会社勤めをしてからずっと東京に住んでいたが、定年後も、このゴミゴミした都会に住み続けたいと思っていたわけではなかった。それでも急に地方に引っ越したのでは、都会との違いに困惑するだろうし、何よりも寝たきりの芳恵をきちんと診ることのできる医療の環境が地方では整っていないだろうと考えていた。

そういう点でもK市は移住するにはうってつけの場所だった。人口は五十万人ほどだが、東北の基幹都市S市に次いで、K市は東北第二の都市である。当然、東京ほどではないが、医療施設などのインフラがきちんと整っているのは間違いなさそうだった。

　このまま東京にいたのでは、生活に窮するのは目に見えている。新一はK市に移住することに気持ちが大きく傾きかけていた。そう考えた場合、審査の前に、聞いておきたいことがあった。新一には寝たきりの芳恵がいるのだ。

「汰木さん、審査を受ける前に一つお聞きしたいことがあるのです」

　新一は話し出した。

「何なりと。そのために私が来たのですから」

　汰木は笑顔で答えた。

「ありがとうございます……。実は……私の妻は、昨年、脳卒中で倒れ、今は寝たきりになっていて、私が毎日、介護をしている状況なのです。もしも移住させていただいた場合、妻がそのような状況ですから、それなりの医療態勢が整っている住まいを希望したいと思うのです。それが審査にあたり不利に働くのであれば、事前に教えていただきたいのですが……」

　新一は恐る恐る質問した。

「ああ。そんなことですか。全然、問題ありませんよ。我々は高齢者を受け入れようとしているのです。それぐらいは覚悟の上です。ちなみにK市では六十五歳以上の方の医療費は全額無料です。それと奥様のために介護ヘルパーを雇うのであれば、その費用も全額K市が負担いたします」

　汰木は事もなげに言った。信じられなかった。そんな夢みたいなことがあるのだろうか。これが本当ならば、是が非でもＫ市に移住したいと思ったが、同時に恐怖に似た不安が、胸の奥底から湧き上がるのを感じていた。

　あまりにも話がうますぎやしないか。本当にこの目の前の男はＫ市の職員なのだろうか。新手の詐欺なのではないだろうか。

「ちょっと失礼。お手洗いに行かせてください」

　そう言って、新一は席を立った。トイレの個室に入り、すぐに鍵をかけた。携帯を取り出して、ＮＴＴの電話番号案内に電話をする。しばらくして女性のオペレーターが出た。新一はオペレーターにＫ市の生活保安課の番号を聞く。すぐに返答が来た。バッグからメモ帳を取り出す。そこには先日、女性ヘルパーから教えてもらった生活保安課の電話番号が書いてあった。番号案内のオペレーターが教えてくれた番号はメモに書いてある電話番号と同一だった。こんなとき若者であれば、スマホですぐに調べると思うのだが、新一の携帯はガラケーだった。新一は、デジタル商品を大の苦手としていた。スマホどころかパソコンもまともに触ったことがなかった。

「どうやら本物のようだな」

　新一は一人、小さく呟いた。女性ヘルパーに教えてもらった電話番号がそもそも偽物である可能性を考えたのだ。新一は女性ヘルパーに、疑ったことを心の中で詫《わ》びた。

「申し訳ありません。お待たせしました」

席に戻ると、汰木はウエイトレスに注いでもらったのだろう、おかわりのコーヒーを飲んでいるところだった。

「いえいえ。井上様もコーヒーのおかわりいかがですか？」

「私は結構です。それよりもう一つだけお聞きしたいことがあるのです」

「はい。一つと言わず、ご納得ゆくまでいくつでもご質問ください。私はそのために来ているのですから」

汰木はそう言って、持ち上げていたコーヒーカップをソーサーにゆっくりと置いた。

「ありがとうございます。根本的なことです。なぜK市はそこまでして高齢者を移住させようとしているのですか？　例えば過疎の村が、若者を移住させるために、お金をかけるというのならばわかります。ですが高齢者をK市に移住させても、若者と違い、労働力にもならない。正直、ここまでの優遇施策をK市が行っている理由がまるっきりわからないのです。審査があるとはいえ、話がうますぎて怖いのです」

新一は汰木の顔を正面から見つめて言った。

「井上様、今の日本に六十五歳以上の高齢者が何人いるかご存知ですか？」

汰木は新一を見つめ返し、不意に質問を投げかけた。

「いえ……わかりませんが……」

新一は驚きながらも正直に答えた。そんな数字を把握しているはずがない。

「およそ三千六百四十万人です。これは日本の全人口の二九パーセントを占めています。二〇二五年には三〇パーセントを超えると推測されています。さらにその年、第一次ベビーブームに生まれた、八百万人もの団塊の世代のほぼ全員が七十五歳以上を迎えます。それと同時に、日本は四人に一人が七十五歳以上という超高齢社会を迎えることになるのです」

「はい……」

新一は汰木の説明の意図するところがわからず空返事をするしかなかった。

「これの意味するところは近い将来、日本は今からは想像できないほどに高齢者だらけの社会になるということです。そこで日本政府は、そういった高齢者ばかりの社会になった場合、どのような状況になるのかをミニマムな規模で事前シミュレーションしたいと考えました」

「え……もしかして……」

おぼろげながら話の中身が見えてきた。

「そうなのです。今のK市は、日本の将来、超高齢社会のピークに達したときの縮図になろうとしているのです。候補の地方自治体はいくつかあったとのことですが、結果、K市に決まりました。これは秘密裏の国家プロジェクトですから、K市は金銭を含めて、日本政府に様々なものを負担してもらっています。これが、我々が移住者に手厚い優遇措置をできる理由です。ある意味、親方日の丸です。移住するにあたっては、最も安心できる環境かもしれません」

汰木はニンマリと笑った。それでも目だけは笑っていないように思えた。

「そうですか……私は汰木さんが嘘を吐いているとは思っていません。ですが、あまりにも話が壮大すぎて受け入れられないというのが正直なところです……」

秘密裏に全国の六十五歳以上の高齢者の一部をK市に移住させ、高齢者だけの町を意図的に作る。汰木が言っているのはそういうことなのだろう。しかも、それは国が主導して行っているというのだ。汰木がK市の人間であると確証が持てていなかったら、新一はこの話を聞いた時点で、馬鹿にするな、と席を立っていたかもしれない。

だがこんなSFみたいな話が本当に起こりうるのだろうか。それでも、もし人を騙して移住させようとしているのなら、こんな馬鹿げた嘘は吐かないような気がする。ではやはり本当なのか――。

「井上様、わかります。わかりますよ」

汰木は両手を上げ、まあまあ落ち着いて、というような仕草をした。

「こんな話を突然されたら困惑するに決まっています。私が井上様の立場なら、この時点で席を立っているかもしれません」

汰木は井上の心情を見透かしたように、そう言った。

「そもそも強制的に移住させるわけではありません。先ほどお話ししたようにまずは審査があります。審査に通らないと移住は希望していてもできません。この話自体を拒否するということであれば審査を受けなければよいだけです。もっと話しますと、もしも審査を受けて通ったとしても、移住する前であれば断ることも可能です。私は何度も申しますとおり、説明係でしかありません。ですから井上様のすべての意思が尊重されます」

新一は結局、審査を受けることにした。汰木の目の前で、審査に使う、申込用紙にすべて記入して渡した。記入内容は家族関係や病気の有無、年収やローンなどありふれたものだった。

家に戻るとK市への移住について、芳恵に話した。今回、事前に説明を受けることは伝えていた。優遇措置の話だけをして、政府が絡んでいるという得体の知れない内容は省いた。芳恵は意外にも賛成してくれた。寝たきりの芳恵が引っ越しだけ考えても環境を変えることが大変なのは間違いない。芳恵は生活が困窮しつつあるのを心配してくれているのだ。自分がもう少し現役時代に金を稼げていれば、と申し訳なく思った。

一週間後、K市から連絡があった。移住の審査に通ったということだった。色々考えたが、新一はK市に移住することに決めた。このまま東京にいても先がないのは間違いないのだ。先日の汰木の話に、不安は拭えなかったが、どんな理由であっても優遇措置さえ受けることができればよい、と割り切って考えることにした。

そして、その翌月、新一は妻の芳恵とK市へ移住した。結果から言えば、移住して大正解だった。

K市の中心部に位置する高層マンションの一室に、新一たちは部屋を無料で借りることができた。今年できたばかりの新築で、3LDKの広さがあった。芳恵の介護用のベッドも余裕で置くことができた。歩いて数分の距離に大きな総合病院もあり、安心できる環境だった。病院だけでなく、徒歩数分圏内に、スーパーやコンビニ、ドラッグストアなど生活に必要な環境はすべて揃っていた。

さらに電気、水道、ガス代が免除された。これは汰木から聞いていない話だったので、K市の生活保安課の担当者に確認すると、新一たちが移住した月から条例が改正されたらしく、移住者の中に重篤な病人がいる場合、今回のような優遇措置が受けられるらしかった。

これだけではなく近隣の店舗での買い物にはすべて移住者割引が適用された。移住してきたときにK市の担当者から渡されたクレジットカードと同じ大きさのカードを会計時に提示するだけで、通常価格の三割から五割、値引きをしてもらえた。

芳恵の日々の介護についても、毎日、専任の介護士がきちんと来てくれた。まだ二十代半ばの若い女性だったが、介護の専門学校をきちんと出ていて、手際も良く、芳恵も安心して身を任せることができているようだった。

時間ができた新一は近所のスーパーで品出しのパートをはじめた。当然、大きな給与額ではなかったが、すでに生活にかかる多くのものが賄われているため、それは日々の生活に余裕をもたらしてくれた。

ある日、芳恵がパソコンをやってみたいと言い出した。だが芳恵の指はほとんど動かないのだ。パソコンを覚えるのはかなり難しいように思えた。そんなことを考えて何も言えないでいると、違う違う、私がやるんじゃなくて、あなたがパソコンを覚えて私に教えてほしいの。芳恵はそう言うのだった。新一はそれまで一度もまともにパソコンを扱ったことがなかった。仕事で仕方がなく使ったことはあったが、面倒な作業になると、すべて同僚に頼み込み、自分がやることはなかった。それでも過去に一度だけ、自分もパソコンを覚えなければと電器屋に見に行ったことがあったが、案内する店員に、見下すかのような態度でパソコンの専門用語を連発された。新一はそのときに恐怖に似た感情を覚え、逃げるように店を後にした。それからはパソコンを買おうなどと考えることもなくなった。

だから新一は芳恵にそう言われて、愕然とした。

芳恵は寝たきりになる前も、なった後もパソコンをやりたいなどと言ったことはこれまで一度もなかった。いったいどういうことなのか。よくよく聞くと、毎日、芳恵の介護をしに来てくれる若い女性、神崎めぐみに強くパソコンの購入を勧められたというのだ。

余計なことを、と思ったが芳恵は完全にその気になっていた。パソコンで文章のようなものを書いてみたいというのだ。私が話した言葉をあなたがパソコンに打ち込むの。そんなことを嬉しそうに言うのだ。新一は無理だ無理だ、と首を振った。そうだ、神崎さんに教えてもらえばいいじゃないか、と新一が言うと、芳恵は、そんなことお願いできるわけないじゃない、神崎さんは私の介護に来てるのよ、それ以外のことを頼めるはずがないわ、とにべもなく返した。

毎日、介護をしてくれる神崎めぐみは明るく愛想《あいそ》も良く、芳恵と仲良くやってくれているようだったが、ずっと芳恵と一緒にいてくれるわけではない。新一もパートに出るようになり、芳恵は一人の時間が多くなった。東京にいた頃より格段に暮らしは良くなったが、芳恵の病気が治ったわけではないのだ。私の前では明るく振る舞ってはいるが、一人のときは途方もなく大きな不安と闘っているに違いない。その不安が少しでも軽減するのなら、自分がパソコンを覚えて、何とかしてやりたかった。だが、これだけはまったく自信がなかった。電器屋にすら行きたくなかった。何もわからない新一を嘲笑《あざわら》うかのように専門用語を連発する店員の姿が鮮明に思い浮かぶ。完全にトラウマになっていた。

新一はそのことを正直に話した。そうすればあきらめてくれると思ったのだ。

だが芳恵から返ってきた言葉は意外なものだった。

それなら大丈夫みたいよ。この町には轟家電っていうすごく親切な電器屋さんがあるらしいの。K市の人たちは、みんなその電器屋さんを利用しているらしいわ。特に移住者には特別親切にしてくれるみたいよ。めぐみちゃんから聞いたの。

芳恵は何でもないようにそう言うのだ。

電器屋なんかどこも同じだよ。だから俺はこれまでずっとパソコンを避けてきたんだ。この歳になって、そんなものが覚えられるはずがない、と新一は反発した。

やはり新一にはどうしても自信がなかった。

すると芳恵は悲しそうな顔をして、あなた、一度だけ私のお願いを聞いて、とまるで縋るように言うのだった。

芳恵は、いつも明るく振る舞ってはいるが、再び襲い掛かるかもしれない病魔と常に闘っているのだ。新一は覚悟した。もはや願いを受け入れるしかなかった。

新一は次の休日に車で轟家電へと向かった。パート先でも轟家電の評判を聞いてみたが、誰一人、轟家電のことを悪く言う人間はいなかった。それでも新一はあまり期待してはいなかった。混んでいる時間は避けたかったため、昼過ぎに店舗へと向かった。轟家電は四階建ての店舗に大きな駐車場を構えていたが、ほぼ満車の状態だった。ぐるぐる駐車場を十分ほど回り、ようやく一台分の空きを見つけて何とか駐めることができた。時刻は午後二時を回ったところだった。平日なのになぜこんなに混雑しているのだろうか。入り口を見ると、ひっきりなしに客が出入りしていた。

新一は車を降りて、入り口へと向かった。客の大半は、新一と同じかそれより年上に見える高齢者がほとんどだった。店舗の中に入ると、まるでモデルのように華やかで可愛《かわい》らしい、三人組の女性が出迎えてくれた。弾《はじ》けんばかりの笑顔で客に挨拶を繰り返していた。店舗内の案内図を見ると、パソコン売り場は三階にあるようだった。

新一はエスカレーターで三階へと向かった。

三階は多くの客で混み合っていた。やはり客の大半が高齢者だった。客も多いが店員も多い。青色の制服を着た轟家電の店員が、ほとんどの客に、漏らすことなく接客をしていた。あまりの落ち着かない雰囲気に、新一は出直そうと考えた。だがパソコン売り場に背を向け、エスカレーターで下りようとしたときに、芳恵の顔が浮かんだ。芳恵は新一がパソコンを買ってくるのを楽しみに待っているのだ。このまま家に戻り、パソコンを買ってこなかったことを知ったら、芳恵はどれほど落胆するだろうか。

新一はエスカレーターに乗る寸前で足を止め、パソコン売り場へと戻った。するとどこから現れたのか、斜め後方から声をかけられた。青色の制服を着た轟家電の店員だった。

「いらっしゃいませ。お客様、今日はパソコンをお探しですか?」

三十歳くらいの男の店員だった。胸に大きめの名札があり、三笠《みかさ》という名前が見えた。名札にはきちんと読みがなも振られていた。

「あ……はい……ちょっと見に来ただけなんだけどね……」

新一は身構えていた。かつてのトラウマが蘇《よみがえ》る。そのためパソコンを買いに来たとは、素直に言えなかった。

「そうですか。ぜひゆっくりご覧ください。ちなみにパソコンはどんなご利用方法になりそうですか？」

三笠は人好きしそうな笑顔を向けて新一に聞いてきた。

「利用方法……」

「はい。難しく考えなくても大丈夫です。インターネットで色んなホームページや動画を見たいとか、メールを使ってお知り合いの方とやりとりしたいとか、文章を書きたいとか、年賀状を作りたいとか、そういった簡単なことで大丈夫です」

「そうだね……パソコンで文章を書ければいいと思ってる。それとインターネットとメールができればいいかな」

新一は芳恵がやりたいと言っていたことを話した。インターネットとメールについては何も言っていなかったが、せっかくパソコンを買うのであれば、それくらいはできた方がいいだろう。

「文章とインターネットとメールですね。承知いたしました。それからパソコンの種類なのですが、デスクトップパソコンとノートパソコンだとどちらがよろしいでしょうか？」

新一はこの三笠の質問に対し、答えることができなかった。パソコンを買いたいとは言ったが、芳恵が、どんな種類のパソコンが欲しいかを聞いてこなかったからだ。

「えーと……その二つはどういうふうに違うのかな……」

新一は恐る恐る質問をした。

「デスクトップパソコンは据え置き型のパソコンです。画面が大きく作業がしやすいのですが、大きいので持ち運びが基本的にはできません。ノートパソコンはデスクトップパソコンよりも画面は小さいですが、ノート型なので持ち運ぶことができます。簡単に申しますと違いはそれくらいです」

新一は考えた。芳恵は動くことができない。パソコンは新一が覚えて操作しなければならない。そういったことを考えると動かすことのできるノートパソコンの方がよいだろう、と思えてきた。

「なるほど……。移動といっても家の中だけなんだけど、ノートパソコンの方がよさそうかな……」

「そうですね。移動されるのであれば、ご自宅の中だけだとしてもノートパソコンの方がよいと思います。ノートパソコンであればこちらにおすすめの商品がございます」

そう言って三笠はノートパソコンがずらりと並んだ展示スペースへと新一を案内した。

「こちらのN社の機種が当店一推しです。画面も明るくて綺麗で、当然、文章を書くためのワードというソフトも入ってます。インターネットやメールもできます。動きも速いしオススメですよ」

三笠の説明に、うんうん、と新一は頷く。三笠の案内はとてもわかりやすかった。こちらの話をきちんと聞いてくれて、質問にも的確に答えてくれる。三笠には新一が初心者だとわかっているのだろう。難しい専門用語などは一切使わずに、それでも新一がきちんと理解できるように説明してくれたのだ。かつて接客を受けた、嫌みたらしく専門用語を連発していた東京の電器屋の店員とは大違いだった。

新一は見に来ただけだと言ったのに、自然な流れでパソコンの展示スペースへと誘導されていた。表示された金額が目に入る。三笠がオススメと言ったN社のパソコンはどれも十万円以上はしていた。K市に移住したおかげである程度、貯《たくわ》えに余裕が出てきたが、それでも安い買い物ではない。

「お客様、当店は初めてですか？」

三笠は新一の表情から何かを感じ取ったのか、不意に質問をしてきた。

「ああ。そうなんだ。最近、この町に越してきてね。このお店に来るのも今日が初めてなんだ」

新一は素直に答えた。

「そうなのですね。それはありがとうございます。ちなみになのですが、お客様は移住者の方ですか？」

三笠は急に声のトーンを落として聞いてきた。まるで他人に聞かれてはならない質問かのように顔を少し近づける。

「ああ……うん、一応ね。最近、東京の方から越してきたんだ」

三笠の質問の意図はわからなかったが、新一はこの質問にも正直に答えた。

「そうでしたか。実は移住者の方限定の特別値引き施策がありまして……ですがお客様が間違いなく移住者であることを確認できないと、この施策のご案内をすることができないのです」

「移住者であることの証明が必要ということだね。市から移住のときに受け取ったカードならあるよ」

三笠は、その新一の言葉を聞くと満面の笑みを見せた。

「それは素晴らしい。お客様、ご迷惑でなければカードを拝見してよろしいでしょうか？」

新一は三笠の言葉に頷き、財布から移住者カードを取り出して、三笠に見せた。

「ありがとうございます。たしかに。確認させていただきました」

三笠は新一が財布から取り出した移住者カードを数秒間、凝視したのち、そう言った。

「先ほどご案内させていただいたN社のノートパソコンなのですが、お客様には特別施策が適用になりますので、税込み三万円でご提供できます」

「えっ……三万円……このノートパソコンがかい？」

新一は驚きのあまり聞き直した。表示されている価格表には税込み価格十五万八千円と書いてある。それが五分の一以下の価格で買えるというのだ。

「はい。今、お伝えしたとおり、お客様には特別な値引き施策が適用となりますので」

三笠は涼しい顔で答える。さも、あたりまえといった雰囲気だった。

「決めた。買う」

即決だった。デジタル家電の情報に疎《うと》い新一だったが、さすがにこのパソコンの金額がどれほど破格なのかは理解できる。買わない手はない。

「ありがとうございます。パソコンの設定は大丈夫ですか？　パソコンを使えるようにするためには設定が必要になります」

パソコンに設定が必要なことは新一も理解していた。初めて買うパソコンなのだ。パソコンの設定など、自分にできるはずがない。頼むしかない。ただおそらく設定は有料になるのだろう。嫌な思いをした東京の電器屋でも、その話はチラッと聞いていた。だが、有料だとしてもこれだけ安くパソコンが買えるのだ。設定にある程度金がかかっても、仕方がないと割り切れる。

「実はパソコンを買うのは初めてなんだ。正直、まるでわからない。パソコンの設定は家まで来てやってもらいたいんだが。できるかな？」

「はい。ありがとうございます。それでは本日、出張設定の方も同時に手配させていただきますね」

三笠はあいかわらず、新一の質問に歯切れ良く答える。

「それで設定料金というのはどれくらいかかるのかな？」

もしかしたらパソコンが安い代わりに、設定料金が途方もなく高いのかもしれない。そんな不安が、ふと頭をよぎり、新一は質問をした。

「設定料金はかかりません。無料でございます。無料でお客様のご自宅までお伺いいたします」

「えっ……」

そう声を発してから、新一はしばらく二の句が継げなかった。

東京の電器屋で聞いたときは、たしか出張して設定してもらうと三、四万はかかると言っていたはずだ。そのときは高いな、と思ったが、人間一人を数時間、拘束するのだ。それくらいの金額は妥当かもな、と思い直した記憶がある。

「お客様のご自宅にお伺いして、インターネット、メールの設定を行います。時間のかかるワード、エクセルの設定やパソコンの更新作業などは配送前に、先に当店で終わらせる予定です」

「それはありがたいな。でも、パソコンがこんなに安くて、しかも設定まで無料でやってくれるなんて信じられないな。以前、東京の電器屋に聞いたときは設定もかなり金がかかると言っていたからね。正直、驚いたよ」

「我々もすべてのお客様にこのようなサービスを提供しているわけではありません。失礼な言い方かもしれませんが、年配でパソコン初心者のお客様、特に移住者のお客様には手厚くサービスをさせていただいております」

周りを見ると、新一と同じように店員から接客を受けているのは、やはりほとんどが高齢者だった。この中の何人かは移住者なのかもしれない。

「それはありがたいね。よろしく頼むよ」

おそらくこれもK市の移住者に対する優遇施策の一つなのだろう。それは別としても三笠の新一への対応は、東京の電器屋の店員とまるで違い、気持ちの良いものだったし、この店なら安心して色々と任せられそうだった。

「ありがとうございます。パソコンは買って終わりではないですから、しっかりとアフターサポートもさせていただきます。それとお客様、実は当店では、四階でパソコン教室を運営しております。パソコンを当店で新規購入いただいたお客様は三ヵ月間無料で受講できますので、ぜひご利用ください」

そう言われてチラリとエスカレーターを見ると、四階へと向かう多くの高齢者の姿があった。四階には何があるのか、と思っていたが、皆、ここでパソコンを買って、その教室に通っているのだろう。

「まさに至れり尽くせりだね。私は特に文章を書くのを覚えたいと思っているんだけど。そういうのは教えてもらえるのかな？」

芳恵は、自分が話した言葉を文章で入力してほしいと言っていた。そうなるとキーボード入力をきちんと覚えなければならない。会社にいた頃の新一はキーを一つ一つ探しながら人差し指一本でキーボード入力をしていた。

「はい。ワードの入門講座をご用意しております。ぜひご活用ください」

三笠はまた歯切れ良く答えた。

新一は三笠に勧められたN社のノートパソコンを購入し、数日後、出張設定に来てもらった。出張に来たスタッフもとても親切で、設定が終わった後もきちんと操作方法を説明してくれて、こちらの質問にもわかりやすく答えてくれた。芳恵はとても喜んでいて、新一もその姿を見て嬉しくなった。あのまま東京にいたら、毎日、食うや食わずの生活をしていたに違いない。新一はK市に移住して本当に良かったと思った。

10章 コンピューターウイルス

医者の真似事《まねごと》の仕事を充てがわれて半年が経過した。

この半年間でようやく理解できたことがあった。

ここで働きはじめた頃、患者として現れる爺さんや婆さんが、何に大騒ぎをして、そして何のためにこの病院に来ているのかまったく理解できなかった。

何人もの患者の話を聞いてようやくわかった。

老人たちは、全員、自分の体がコンピューターウイルスに感染したと騒いでいるのだ。

コンピューターから生身の人間の体にウイルスが感染するはずがない。

そんなウイルスなどこの世に存在しませんよ、と喉まで出かかっていたが、それを老人たちに伝えることはできなかった。

この仕事をはじめる直前に、仕事用として渡されたスマホに電話がかかってきたことがあった。

電話を取ると知らない男の声がした。男は面倒臭そうに自分の名前を名乗った。時透という名前だった。

時透は自分の、この医者もどきの仕事を管理している責任者だと語った。

そのとき時透からこう言われたのだ。患者の言葉に対し、否定や質問をしては絶対にダメだと。

とにかく患者の話を聞いて、落ち着かせろと。そしてその直後に注射を打てと。注射器の中には、老人たちの体内に入ったコンピューターウイルスを弱毒化するための薬剤が入っているという設定らしかった。

注射を打った直後、患者に、もう大丈夫ですよ、と話しかけ安心させる。この対応も時透から指示が出ていた。すると患者たちは泣いて喜ぶのだ。俺のことを医者だと思っている老人たちは何度も頭を下げて、俺に感謝の意を伝えて帰っていった。

その日も三十人の老人たちに注射を打った。打ち終えた直後にスマホが鳴った。時透からだった。俺はすぐに電話に出た。

「はい。中山《なかやま》です」

『どうだ？　今日も問題なく終わったか？』

あいかわらず時透は挨拶もなく、唐突に聞きたいことを聞いてくる。

「はい。問題なく終わりました。だけど一つだけ報告があります。時透さん、井上って名前の爺さん知ってますか？」

俺が質問してから少し間があった。

『ああ……。知ってる。昔の俺の顧客だ。それがどうした？』

時透はようやく答えた。

「その井上って爺さんが今日、患者で来てました。以前、時透さんにパソコンのことを教わったと言ってました。そのとき、時透さんは轟家電のパソコン教室の先生だったって……本当ですか？」

『本当だ。だがおまえには関係ない。いいか、余計なことを考えなくていい。言われたことだけきちんとやれ』

そう高圧的な口調で言われ、一方的に電話は切られた。

時透とは電話でしか話したことがない。どういう男なのか知りたくなった。なぜなら井上だけでなく、ここに現れる他の患者からもときどき時透の名前が出るのだ。

爺さんたちの話に否定も質問もしないが、彼らは勝手に話してくれるから、ある程度の情報が手に入った。

時透は以前、轟家電のパソコン教室の講師をしていた。その後、パソコンサポートの部署に異動して、そこではパソコンの点検を行ったり、トラブルを解決するために客の家に出張訪問をしていたらしい。

ここに来る患者たちは、そのパソコン教室に通っていた人間がほとんどだった。そこであのおかしなコンピューターウイルスの偽情報を吹きこまれたのだ。パソコン教室の授業で、パソコンから人間に感染する恐ろしいコンピューターウイルスが存在するから十分に注意するよう教えられたという。

その後、出張のパソコン点検を受けるようになり、あるとき、いつものように点検してもらっていると、パソコンの点検をしに来たスタッフが急に防護服に着替え、大袈裟に騒ぎ立てて、ウイルスはすでにこのパソコンからあなたの体に感染している可能性が極めて高いと宣告されたというのだ。さらにそのウイルスは致死性のもので、感染したら一〇〇パーセント死に至るとまで言われたのだという。そこで、どうしたらよいのかとスタッフに尋ねると、市内で唯一、ウイルスを弱毒化するための薬剤を注射してくれる場所があるから、そこへ行けと言われ、この病院を紹介されたらしいのだ。

恐ろしいほどの茶番劇だった。

ちなみにその薬剤にいくらかかるのかも老人たちは勝手に教えてくれた。

一回の注射で十万円かかると言われたらしい。

俺がその答えを聞いて固まっていると、患者は何を勘違いしたのか、心配しなくて大丈夫だよ、すでに注射の料金は轟家電に支払い済みだから、と言うのだ。

この町には恐ろしい詐欺が横行しているようだった。俺はその片棒を担がされているのだ。だがこれ以上、色々嗅《か》ぎ回らない方が賢明に思えた。

時透曰《いわ》く、このまま毎日きちんと医者の仕事をやっていれば半年後に借金が完済となり、この町を出られるらしい。正直、爺さんや婆さんが詐欺の餌食《えじき》になろうが、俺には関係ない。あと半年間の我慢なのだ。

井上はなぜか毎月、病院に現れて、注射を打って帰っていった。

ウイルスがパソコンの画面から出てきて、口の中から入ってくるというのだ。

この井上という老人はどうにも言動がおかしい。ボケているのかもしれない。

井上は自己申告で毎月、注射を打ち、そのたび轟家電に十万円を払っているようだった。

家族がいればこんな奇行は誰かが止めるだろうから、この老人は一人暮らしなのだろう、と勝手に思っていたが井上には妻がいた。

何回目かの注射を打ちに来たとき、その妻は付き添いで井上と一緒に来ていたのだ。井上はこの病院に現れるたびにボケが進行し、体もどんどん弱っているように思われた。その日は、自分でまともに歩くことができず、妻に体を支えてもらいながら診察室に現れた。最初、井上の妻のことを、井上に聞かされるまで、娘か孫だと思った。そのくらい井上の妻は若かった。若く美しい女だった。これほど若ければ、井上が騙されていることに気づかないはずがない。なぜ、この女は井上の奇行を止めないのだろうか。妻であるその女は井上に付き添っている間じゅう、ニコニコと笑っていた。

ウイルスのことが心配なのか、妻とは反対に、井上はずっと不安そうな顔をしていた。それでも注射を打ち終えると安心したらしく、笑顔になり上機嫌で話し出した。

「本当に私は妻に甘くてねえ。つい先日も赤くて大きな冷蔵庫が欲しいって妻が言うんで轟さんに注文したんですよ。使うのは嫁、金を払うのは私、注文者も私ってね。注射のお金もあるっていうのに大変ですよお」

なぜかこのときの井上の言葉は、珍しくはっきりと聞き取れた。

そのときの妻の表情の変化を俺は見逃さなかった。妻の笑顔は一瞬で固まり、鋭い目線で夫である井上を睨みつけたのだ。

「あなた。本当にありがとね。楽しみにしてるわ」

井上の妻は夫の言葉が終わらぬうちに早口で言った。このときすでに妻の表情は笑顔に戻っていた。それからすぐに二人は病院を出ていった。

その後、井上は一度も病院に来ていない。

終章
スペシャルルームサービス

元R電器K店店長の如月優太は、K店の進出が失敗に終わったことにより多くのものを失った。K市への進出はR電器のトップである零度社長の肝入り案件であると聞いていた。だから絶対に成功させなければならなかった。結果は唯一の市内競合店となる轟家電に惨敗し、K店はわずか半年で撤退を余儀なくされた。

誰かが責任を取らなければならない状況だったのだろう。

店長である如月が責任を取らされ、店長から一般社員に降格させられた。副店長と係長を飛び越えての、異例の三段越えの降格だった。これまで入社してから順調に昇格を重ねてきた。またここで大きな結果を出して、次は本社への異動を狙っていた。そこにきてのこの降格人事に、如月は膝《ひざ》から崩れ落ちるほどの大きなショックを受けた。体にも異変が現れた。

夜、ほとんど眠ることができず、朝、仕事に行こうとすると猛烈な吐き気と腹痛に襲われた。数日間休みを取り、病院にも通ったが改善することはなく、結果、長期の休職を余儀なくされた。

如月はまったく納得できなかった。なぜ自分だけがこんな目に遭わなければならないのか。噂によるとこの出店案件は零度社長が直接、店舗運営部の斑目部長に指示を出したと聞いている。だから斑目部長から、連絡が定期的に入っていたのだ。

だったらこの案件の失敗の責任は如月だけでなく、斑目にもあるのではないだろうか。だが斑目は変わらず店舗運営部の部長のままだった。現場の自分だけが責任を取らされ、一般社員まで降格させられたのだ。斑目は社長に対し、今回の失敗の責任はすべて如月にあるかのような報告をしたに違いない。

こんな会社このまま辞めてしまってもいいが、それでは腹の虫が治まらない。必ず、また店長として復活し、本社まで昇り詰めて、俺に地獄を見せた斑目を部長の座から引《ひ》き摺《ず》り下ろす。如月はそう誓ったのだった。

だが現実として一般社員まで落とされてしまったのだ。K店に店長として異動になったときは本社まであと一歩と感じていたが、今、そこまでの道のりは気が遠くなるほどに長い。

何か一発で店長職に戻れるようなウルトラCはないだろうか。

一日中、考えて一つの答えが出た。

それは轟家電の秘密を解き明かすことだった。

結局、Ｋ店が撤退するまでの半年間、轟家電の競合調査を継続して行ってきたが、あの電器屋の利益構造すらわからなかった。如月の体調も発症当時よりはだいぶ落ち着いてきている。この休職期間を利用して、轟家電を徹底的に調査し、奴らの利益構造の解明と弱点を見つけ出すのだ。これがわかれば、どの家電量販店も成し得なかったＫ市への出店に勝機を見《み》出《いだ》すことができる。

もしもこの情報が手に入ったら零度社長に直接報告に行くのはどうだろうか。そこで社長に認められれば、奇跡の、一般社員からの本社への異動だってあるかもしれない。そのときに、自分が斑目に、どれほど煮え湯を飲まされたかということも零度社長に伝えるのだ。社長の理解を得られれば、斑目を降格させることなど難しくない。

如月はすぐに動き出した。

まずは轟家電の近くにあるホテルに宿を取った。そこを調査の拠点とした。どれほどの期間、泊まることになるかはわからない。

ホテルの部屋は十階だった。窓が大きく、Ｋ市を一望できた。すぐ近くに轟家電の巨大な店舗が見えた。店舗の少し離れたところに小高い丘があり、そこに真っ黒なアパートが密集して建っていた。あれは団地だろうか。どこかそのアパートの群れに如月は説明しがたい気味の悪さを感じていた。

調査の方法をこれまでとは変更することにした。店舗に客として入り、接客を受けるなどの方法は何度も行ってきた。それでは一つも結果は出なかったのだ。同じことをしても無駄だろう。如月は店舗や社員を調査するのではなく、轟家電に通う顧客から情報を手に入れることを考えた。数日、駐車場の目立たない場所から店舗の入り口を観察した。すると毎日、パソコン用のバッグを抱えて現れる客の顔を何人か記憶できた。皆、六十は超えているであろう高齢者で、店舗の四階にあるパソコン教室に通っていた。その中の一人に狙いを定めて、その客が店から出てきたところを如月は尾行した。

その老人は車ではなく、徒歩で轟家電に通っているようだった。老人は轟家電から徒歩二十分くらいにある高層マンションに住んでいた。すぐに出てくるはずなどないと思いながらも、目立たない場所からしばらくマンションの入り口を見ていたら、運良く、老人がまた出てきた。如月は興奮を抑えながら、老人を尾行した。先ほどはノートパソコンを入れるバッグを持っていたが、今、老人は何も手にしていなかった。老人が五分ほど歩いた先にあったのは公園だった。公園には大きな池があり、その周りはランニングコースになっていた。老人は池を眺めながらランニングコースをゆっくりと徒歩で一周した。それから公園のベンチに座り、しばらくぼんやりしている様子だったが、急に立ち上がり、また歩いて自分の住むマンションへと戻っていった。その日は、老人が再びマンションから出てくることはなかった。

翌日も同じようにその老人を尾行した。すると前日とまったく同じ行動を取っていることがわかった。午前中は轟家電でパソコン教室の授業を受け、終わるとそのまま家に戻る。おそらく家で昼食を取り、昼食が終わると近所の公園へと散歩に出かける。池の周りを徒歩で一周して、ベンチで休憩したらまた家へと帰る。その後、数日、この老人を追いかけたが、パソコン教室が休みの日曜日を除いて、このルーティーンが変わることはなかった。

それがわかると如月はすぐに老人と接触を図るための行動を開始した。

狙い目は老人が公園を一周して、ベンチで休憩しているときだ。

如月はスポーツウェアを購入し、それを着て、老人が現れる時間に公園へと向かった。ちょうど、老人は池の周りを歩いていた。如月は池の周りを適当なペースで走った。そして老人がベンチで休むタイミングで、如月も足を止めて、老人が座っている横のベンチに座った。

その日は、こんにちは、と老人に一度、声をかけるだけにした。老人は、一瞬、驚いた様子だったが、すぐに笑顔に変わり、こんにちは、と返してくれた。

悪くない反応だった。翌日も如月は公園に行き、同じように声をかけた。この日はもう一歩、踏み込むことを決めていた。

「こんにちは。毎日、この公園に来られているんですか？」

如月の声に、また一瞬、驚いた様子だったが、昨日と同様にすぐにそれは笑顔に変わった。

「ああ。こんにちは。昨日の方ですね。ええ。毎日、来ています。爺さんなので毎日、暇なんですよ」

テンポ良く答えが返ってくる。話し好きな人間であることは間違いなさそうだった。これなら色々と情報を引き出せそうだ。如月は胸の中でガッツポーズをした。

如月は老人に対して、K市内の運送会社で働いていたが、仕事がハードで体を壊してしまい休職している。最近、少し体の調子が良くなってきたから軽いランニングでもしようと思い、二、三日前からこの公園に通いはじめた、そういう設定で自らを説明した。

老人は如月の説明を、まったく疑っている様子はなかった。それどころか、若いのに大変だねえ、人生長いんだから無理する必要ないよ、と励《はげ》ましてくれた。

如月の心に罪悪感が芽生《めば》えたが、このせっかくのチャンスを逃すわけにはいかない。

それから毎日、如月は老人と公園のベンチで話をした。

老人は高山《たかやま》という名前だった。あの高層マンションに妻と二人で住んでいるということだった。高山はやはり話し好きなようで、如月が聞かなくても自分から色々なことを話してくれた。午前中は轟家電のパソコン教室に通っているようだった。数年前も通っていたが、当時は三ヵ月以上受講できないという制度があり、最近、それが撤廃されて、また通い直しているということだった。それでも高齢のせいか、昨日、覚えたことを今日、すぐに忘れてしまうと苦笑いしながらぼやいていた。

轟家電にはトドロキパソコンサポートというサービスがあり、それに加入しているとも教えてくれた。三年契約で毎月五万円の会費を取られるらしい。如月は表情に出さなかったが驚いた。途方もなく高い。R電器でも同じようなパソコンの保守サービスをやっているが、月額四千円ほどだった。トドロキパソコンサポートはその十倍以上の金額なのだ。このサービスにどれほどの人間が加入しているかはわからないが、もしも一定以上の会員数を保有できているのなら、あの常識では考えられないほどの店員の数も理解できる。この会費のインセンティブでペイできるかもしれない。

ここにきて轟家電の利益構造の秘密の一端をようやく突き止めることができた。

高山は会費が高いことは認識しているようで、それでも、パソコンサポートという名称ではあるが、パソコンのサポートだけでなく、黒物や白物家電の相談や、家事や買い物まで、どんなことでも頼むことができるから重宝していると言っていた。

轟家電は家電量販店のシステムを母体として、昔ながらの町の電器屋さん的な考えで、家のことも何でもやります、という御用聞きのサービスを融合させているということなのだろう。これならば満足度も上がり、顧客もなかなか離れていかないのかもしれない。だが、これをやるためには圧倒的な数の従業員が必要となる。まずは人件費にメスが入るR電器には決して真似ができない芸当だと確信できる。

高山を介して、轟家電の情報を色々と入手することができた。高山の話だけでなく、高山のもとを訪れる轟家電の従業員の姿も見たいと思った。だが残念なことに高山は、パソコン教室に通い出してからは、あまり轟家電の人間を呼ぶことはなくなったという。家事なども、人任せにしていては体が鈍るし、認知症にも繋がるから、できるだけ自分たちでやるようにしているということだった。

そんなある日、いつものようにランニングをしてベンチに座ると、高山は興味深いことを話しはじめた。

「徳井《とくい》さん、実は明日は、ここに来られないんだ」

如月は念のため、名前を偽っていた。高山には徳井という名で通していた。

「えっ？　それは残念ですねえ。ここで毎日、高山さんと話すのが僕の唯一の楽しみだったのに。何か用事ですか？」

高山は持ち上げれば持ち上げるほど、色々な話をしてくれた。だからいつのまにか、高山を相手にした場合、こういう感じの話し方になってしまっていた。

「そうなんだ。実はうちの奥さんが冷蔵庫を欲しがっていてね、自分のいない間に、勝手に新しい冷蔵庫を轟さんに注文してしまったみたいなんだ」

「へえ。どんな冷蔵庫なんですか？」

特に興味はなかったが、如月は何げなく質問をした。

「それが赤い大型の冷蔵庫みたいでさ、どうやら最新式らしいんだけど、ずっとこれまで白くて普通の冷蔵庫を使っていたのに、この歳で赤い冷蔵庫買うってのは正直、どう思う？」

高山は何やら奥さんが勝手に冷蔵庫を注文したことが気に食わないらしい。

「まあ、でも最近の家電商品の赤色ってどぎつい赤じゃなくて、落ち着いた色のものが多いから問題ないと思いますよ」

如月はそう適当に答えた。

「ふうん。そんなもんかねえ。それでとにかく奥さんが私の名前で注文したから家にいてくれって言うんだよ。自分は予約したくせに用事があって出かけるから頼みますねって、酷いと思わないかい？」

正直、どうでもいい話だったが、それはひどいですねえ、と心底同情しているかのような表情を作って頷いた。そんなことよりも轟家電の人間が商品を配達する姿が見られることの方が重要だった。もしかしたらそこで新たな情報が手に入るかもしれない。

如月は高山から冷蔵庫が届く時間を聞き出して、その日はホテルに帰った。

翌日、冷蔵庫の配送時間に合わせて高山のマンションに向かった。また駐車場の隅の、気づかれない場所からエントランスを見張っていた。

するとエントランス近くに一台の軽トラックが停まった。荷台には段ボールで梱包された冷蔵庫が積まれていた。轟家電の配送員に間違いないだろう。運転席と助手席から配送員が降りてきた。配送員は慣れた動きで、冷蔵庫を荷台から下ろすとそのままエントランスに消えた。このままマンションの中まで追跡するわけにはいかず、如月はそのまま駐車場の隅にじっと身を潜めていた。

およそ三十分後、冷蔵庫を抱えた二人の配送員がエントランスから出てきた。抱えて出てきた冷蔵庫は裸だった。その冷蔵庫を荷台に載せて、ロープで固定した。その直後、軽トラックは走り去った。

如月はすぐに異変に気づいた。エントランスから搬出された冷蔵庫の色は赤だった。いったいどういうことだろうか。高山は、今まで使っていたのは白い冷蔵庫だと言っていたはずだ。通常、冷蔵庫を配達する場合、新品の冷蔵庫を配達して、古い冷蔵庫をリサイクル処分で引き取る。だが高山の家を訪れた轟家電の配送員たちは新しい赤い冷蔵庫を配達したのに、梱包していた段ボールだけを外し、設置することなく、そのまま新しい赤い冷蔵庫を引き上げようとしているのだ。

如月にはまるで理解のできない奇妙な行動だった。

如月は軽トラックを追って、すぐに走り出した。通りに出ると運良く、タクシーが見えた。手を挙げて止め、タクシーに乗ると運転手に前を走っている軽トラックを追ってほしいと伝えた。比較的若い見た目の運転手は一瞬、訝《いぶか》しげな表情を見せたが、何も言わず、一定の距離を取りながら軽トラックを追跡してくれた。

三十分ほど軽トラックは走り続けて止まった。そこは大きな工場のように思えた。見上げれば首が痛くなるほどの大きな煙突が聳え、煙突の先からは黒々とした煙が立ち昇っている。

「運転手さん、ここはどこですか？」

「産業廃棄物処理場です」

運転手はまるで感情の伴わないトーンで答えた。

「産業廃棄物処理場……」

いったいこんなところに何の用事があるというのだろう。そのまま軽トラックは処理場内へと消えていった。

「運転手さん、この……処理場の中には誰でも入れるのでしょうか？」

「いえ……詳しくは私もわかりませんが、たしか処理場と契約している業者じゃないと出入りはできないはずです」

無感情だと思っていた運転手が少し迷うような表情を見せながら答えた。

「ということはこのタクシーじゃ中に入れませんね」

「そうなります」

今度はまた感情を見せずに運転手は即答した。

「運転手さん、申し訳ありません。ここであのトラックが中から出てくるまで待っていてくれませんか？」

「その間の待機料金を払っていただけるのなら問題ありません」

「待機料金をお支払いしますのでお願いします」

待っていたのは二十分ほどだと思うがひどく長く感じた。運転席のヘッドレストの裏側に運転手の名前が貼ってあった。漢字には、読みがながが振られておらず如月はそれを読むことができなかった。運転手は魚へんの漢字が入った珍しい名前の持ち主だった。ようやく軽トラックが処理場から出てきた。トラックの荷台には何も積まれていない。

本当にいったいどういうことなのだろうか。家電量販店の常識では考えられないことばかりが目の前で起きていた。

気づくと軽トラックの姿は消えていた。できればここからまたどこに行くかを尾行したかったのだが、仕方がない。如月はあきらめて、運転手に自分の宿泊しているホテルの住所を告げた。如月はホテルの部屋へ戻ると、今日、起こった奇妙な出来事の意味を考えた。

軽トラックが処理場を出てきたときに荷台に冷蔵庫がなかったということは、普通に考えて、あの処理場で冷蔵庫を処分したことになる。

通常、冷蔵庫や洗濯機、エアコンなどのリサイクル商品を客の家から回収した場合、店舗の外に大きなコンテナなどを用意しておき、一度、そこで保管する。その後、リサイクル業者が定期的に店舗へ回収に来て処分してくれるのだ。

轟家電の店舗の裏側、駐車場の隅に、大きなコンテナが三つ並んでいるのを確認していた。あそこがてっきり配達時に回収したリサイクル商品の置き場だと思っていたのだが――。

あの処理場でも直接、リサイクル商品を処分してくれるのかもしれないが、回収するたびにあんな郊外まで車を走らせるのはあまりにも非効率すぎる。そもそもなぜ新品の冷蔵庫をそのまま回収し、それをすぐに処分してしまったのか――。いくら考えても如月にはまったくわからなかった。

翌日、時間どおり、公園へ向かった。だが、高山は公園には現れなかった。

またその翌日も、その次の日も姿を見せることはなかった。

おかしい――。高山の身に何か起こったのだろうか――。

拭いきれない不安を抱えたまま、ホテルの窓から外を眺めているとき、一つの可能性に思い至った。

高山は殺されたんじゃないだろうか――。もしもあの赤い冷蔵庫の中に高山が入っていたとしたら――。

高山は冷蔵庫が配達されたタイミングで何かがあって殺されて、新しい冷蔵庫に入れられてマンションから搬出された。死体をすぐに処分するために産業廃棄物処理場に運ばれ、冷蔵庫ごと死体は処分された。高山は死んだ。だから公園に現れないのだ。

ここまで考えて、如月の口から、ふっ、と笑い声が漏れ出た。

妄想だ。そんな馬鹿なことあるはずがない。もしも高山が殺されたとしたら轟家電の配送員二人が犯人ということになる。高山は轟家電にとって重要な客のはずだ。電器屋の人間が顧客を殺すだなんて、B級ホラーの設定だとしても相当無理がある。

窓から、例の産業廃棄物処理場の煙突が見えた。煙突は自らの存在をアピールするかのように黒々とした煙を途切れなく吐き出し続けている。

ここ数日、如月はあの産業廃棄物処理場のことを調べていた。

K市の産業廃棄物処理場はどんなものでも焼き尽くす国内随一の焼却炉を有していることがわかった。

「まさかな……」

そんなことあるはずがない。高山が死んだなんてありえない。高山は高齢だ。おそらく腰でも悪くして、家から出られずに養生しているだけだろう。そうだ。そうに違いない。

そのとき突然、部屋に備え付けられている固定電話が鳴った。

電話に出るとホテルのフロントからだった。

「如月様、スペシャルルームサービスのご用意ができました。只今《ただいま》からお部屋にお伺いしてもよろしいでしょうか？」

突然、そう言われたので如月は驚いた。

「スペシャルルームサービス？　何ですかそれは……私は頼んだ覚えはないのですが……」

「申し訳ありません。ご説明が足りませんでした。実は長期でご宿泊いただいているお客様に対し、当ホテルでは感謝を込めまして独自のルームサービス……スペシャルルームサービスをご用意させていただいているのです」

フロントからの電話は若い男の声だった。

「そうですか……それはありがとうございます。今なら部屋にいますので、よろしければどうぞ」

「ありがとうございます。すぐにお伺いいたします」

電話を切り、如月は大きくため息をついた。根をつめすぎて少し疲れているのかもしれない。そのスペシャルルームサービスというものが何か知らないが、ありがたく頂戴《ちょうだい》して、一度、気持ちをリフレッシュすることも必要に思えた。

そう考えると気分があがってきた。スペシャルルームサービスとはいったい何なのか。可能性が高いのは高級料理だろう。フランス料理やイタリア料理ではないだろうか。中華料理も悪くない。

いやいや、最近のホテルのルームサービスは食事だけではないと聞く。

もしかしたら若い女性が現れてマッサージをしてくれるのかもしれない。

そんなことを考えているとドアがノックされた。

「はい。今、開けます」

如月はひさしぶりに高揚《こうよう》した気分でドアを開けた。

だがそこにあったのは如月が想像したのとはまるで別のものだった。

二人の作業着姿の男が如月を押《お》し除《の》けるように部屋の中に入ってきた。二人は両手で何かを抱えている。それを床に置いた。男の一人がすぐにドアを閉めた。

見慣れた形をした大きな縦長の物体。それは段ボールで梱包されていた。

作業着の男二人は、両方とも目深に帽子を被り表情は見えない。一人が如月の逃げ場を封じるかのようにドアを背にして立った。もう一人は手際よく、縦長の物体が固定されている紐を切り、段ボールを上へと持ち上げる。中の物が露わとなった。

如月が最期《さいご》に目にしたのは、まるで血のように赤い色をした巨大な冷蔵庫だった。

本書は書き下ろしです。

この作品はフィクションです。登場する人物、団体は、実在するいかなる個人、団体とも関係ありません。

嶋戸悠祐（しまと・ゆうすけ）

1977年、北海道旭川市生まれ。

北海学園大学卒業。

『キョウダイ』（講談社ノベルス 2011年刊）が、島田荘司選 第3回ばらのまち福山ミステリー文学新人賞優秀作に選出され、デビュー。

他の著書に『セカンドタウン』『ギキョウダイ』『裏家電』がある。

漂《ひょう》流《りゅう》都《と》市《し》

2023年1月30日　第1刷発行

著者　嶋戸《しまと》悠祐《ゆうすけ》
発行者　鈴木章一
発行所　株式会社 講談社
〒112-8001　東京都文京区音羽2-12-21
電話　出版　03-5395-3506
販売　03-5395-5817
業務　03-5395-3615
本文データ制作　講談社デジタル製作
印刷所　株式会社KPSプロダクツ
製本所　株式会社国宝社

N.D.C.913 287p 19cm
ISBN 978-4-06-530360-3

KODANSHA